中國經典名著系列

西遊記

吳承恩　原著

 園丁文化

前言

讓孩子擁有大智慧的
成長必讀書

研究表明，人在 13 歲之前記憶力最好，通過背誦或閱讀的文字，都會在腦海留下深刻的印象。在此時多閱讀優秀作品，充分發揮記憶力特長，從書中汲取營養，不僅對身心健康和智力發展大有裨益，而且會使人受益終生。

《中國經典名著系列》囊括中國古典四大名著《三國演義》、《水滸傳》、《西遊記》和《紅樓夢》。這些經典作品是中華民族寶貴的文化遺產，承載了華夏五千年文明的精髓，滋養了一代又一代少年兒童的精神世界。

《三國演義》描寫了從東漢末年到西晉初年之間近百年的歷史風雲。跌宕起伏的故事情節、悲壯恢宏的戰爭場景，讀來讓人驚心動魄，拍案叫絕。《水滸傳》裏，一百零八位好漢行俠江湖，劫富濟貧，除暴安良，他們懲惡揚善、精彩絕倫的英雄事跡讓人看了

拍手稱快，津津樂道。《西遊記》通過大膽豐富的藝術想像，創造了一個神奇絢麗的神話世界，成功地塑造了孫悟空這個超凡入聖的理想化英雄形象，曲折地反映出世態人情和世俗情懷，表現了鮮活的人間智慧。《紅樓夢》以賈、史、王、薛四大家族為背景，以賈寶玉與林黛玉的愛情悲劇為主線，展現了廣闊的社會現實生活，寫盡了多姿多彩的世態人情。

　　一個個栩栩如生的人物形象，一段段扣人心弦的故事情節，讓人讀來心潮澎湃，手難釋卷。在細細品讀的過程中，孩子們可以盡情領略古典名著的精華，激發生活的熱情和激情，開闊眼界和胸襟，變得更博學、更聰明、更智慧⋯⋯

　　一起翻開此書，走進精彩奇幻的經典文學世界吧！

目錄

第一回
仙石爆出猴王來

　　很久很久以前，東勝神洲有個傲來國，東臨大海，海中有一座名山，叫作花果山。在花果山山頂上，有一塊巨大的仙石。這塊仙石吸收了日月精華，日子久了，竟然爆出一隻石猴來。

　　石猴整天在山中嬉戲，渴了喝山泉，餓了採野果吃，日子過得逍遙自在。

　　一天，天氣炎熱，石猴與羣猴在水中洗澡

玩耍，看到一股瀑布從山上飛流直下，十分壯觀。一隻猴子提議道：「哪個有本事進得去出得來，又不傷身體，我們就拜他為王。」大家都同意。

石猴跳出來高喊：「我進去！」只見他閉著眼睛蹲下來，縱身一躍，跳入了瀑布中。他睜眼一看，裏邊沒有水，而是架着一座橋，有石牀、石凳、石盆、石碗、石鍋、石灶。他跳過橋，看到一塊石碑，上面刻着十個大字：「花果山福地，水簾洞洞天。」

石猴喜出望外，跳出瀑布，笑着對羣猴説：「原來裏面叫水簾洞，能容下千人，我們都搬進去住吧。」

猴子們聽了十分歡喜，一個個跟着石猴進去。石猴端坐在一張最大的石椅上説：「剛才你們説，

誰要是進得來出得去，
就拜誰為王。現在，你
們還不拜我為王？」眾猴聽了，跪下來連連磕
頭，高呼道：「大王千歲！」從此，石猴成了
猴子們的大王，自稱美猴王。

　　美猴王領着羣猴享樂遊玩，無憂無慮地過
了幾百年。一天，美猴王正與羣猴吃喝時，忽
然掉下淚來：「我們現在雖然過得快活，但將
來年老體衰，免不了要一死。」這時，一隻猿
猴跳出來提議他出去尋求長生不老之術。於
是，美猴王告別眾猴，獨自駕着木筏，漂洋過
海，尋仙訪道。

　　美猴王漂泊了八九年，終於找到了斜月三
星洞中的神仙菩提祖師。菩提祖師見他不遠萬

里前來，又是個天地生成的精靈，就收他為徒，還給他起了個名字叫**孫悟空**。

　　祖師登壇講道，悟空聽得津津有味，高興得手舞足蹈。祖師問他想學什麼法術，不料悟空這也不學，那也不學。祖師十分生氣，拿戒尺在悟空頭上**敲了三下**便走了。

　　大家都埋怨悟空得罪了祖師，悟空卻滿心歡喜，原來他心裏已經明白師父的用意。

　　三更時分，悟空走進祖師屋內。祖師看見

他，呵斥道：「你這
猢猻，到這裏來做什麼？」

　　悟空說：「我知道師父白天
敲了我三下，是叫我三更時前來，秘密傳授我
本領。」

　　祖師見悟空這麼聰明，識破了自己的用
意，十分歡喜，就教他長生不老之術。後來，
又傳授他七十二般變化和一個筋斗就能翻十萬
八千里的**筋斗雲**。

　　有天，悟空在師兄弟面前**賣弄本領**，變
成一棵松樹，大家都拍手叫好。祖師見了，十

分生氣，說：「悟空，這些本領怎麼能在別人面前賣弄？你從哪裏來就回哪裏去吧！還有，你今後無論何時何地都不許說是我的徒弟。」

悟空**苦苦哀求**，但祖師決意讓他離開。他只好含淚拜別祖師，一個筋斗雲，飛回了花果山。

第二回
美猴王龍宮尋寶

悟空回到花果山，大喊：「孩兒們，我回來了！」聞聲，大大小小的猴子跳了出來，圍著他磕頭**哭訴**：「大王，你終於回來了！你不在的時候，混世魔王搶了我們許多東西，還抓走了很多猴孫。」

悟空大怒，立刻跳上筋斗雲去找混世魔王算賬，救回了被捉去的猴孫們。

從此，悟空天天教猴孫們**練習武藝**，還

從附近傲來國的兵器庫搬來許多兵器，發給猴孫們。

不過，他自己卻沒有找到一件滿意的兵器。一隻老猴子建議他去東海龍宮看看。

悟空使了個避水法，來到龍宮，向龍王說明來意。龍王不好意思推辭，讓人先後抬來了一把重三千六百斤的九股叉和一根重七千二百斤的方天畫戟。悟空拿上手掂了掂，連聲嚷道：「太輕！太輕了！」

龍王心中**畏懼**，不知如何是好。這時，龍

婆、龍女在龍王耳邊小聲說：「大王，我們海裏那根『天河定底神珍鐵』，這幾天突然霞光豔豔、瑞氣騰騰，會不會是注定了該遇上這猴王呢？」

龍王說：「那是大禹治水時用來測量海水深淺的，後來留在了海裏，是一塊神鐵，能當兵器用嗎？」龍婆說：「管它能不能！送給他，把他打發走就是了。」

龍王聽了，覺得有道理，便告訴了悟空。悟空精神抖擻起來，說：「快拿來給我看看！」龍王連連搖着手說：「我們可抬不動！得要你親自過去看。」

悟空跟着龍王來到龍宮後邊。遠遠地，他就看見海水裏放出萬丈金光。龍王說：「那放金光的就是了。」

悟空心裏高興，上前伸手一摸，原來是一根鐵柱子，像水桶一樣粗，兩丈多高。他兩手抱着搖了搖，說：「太粗太長了，再細些短些

才好用。」話音剛落，那寶物居然真的就短了幾尺，細了一些。

悟空十分歡喜，把寶物拿在手上，細細一看，原來兩頭是兩個金箍，中間是一段烏鐵，上面還刻着一行字：「**如意金剛棒**，重一萬三千五百斤」。

悟空心想：想必這寶物真能如人所願！於是一邊走一邊唸叨：「再細些，再短些！」

悟空手提金剛棒，盡情揮舞了一番，真是得心應手！龍王和龍子龍孫看得**膽戰心驚**，蝦兵蟹將嚇得縮頭藏腦。

悟空笑着對龍王說：「你索性再送我一副

披掛吧。」東海龍王沒有，只好叫來其他三個龍王幫忙。

北海龍王帶來了一雙藕絲步雲履，西海龍王奉上一副鎖子黃金甲，南海龍王獻出一頂鳳翅紫金冠。

悟空穿戴好，對眾龍王說：「打擾！打擾！」然後舞動金剛棒一路打出去，返回花果山去了。

四個龍王心中很不服氣，便一起寫奏本向玉皇大帝告了悟空一狀。

第三回
悟空大鬧蟠桃會

　　玉皇大帝接到四海龍王的狀子，十分生氣，打算派天兵去捉拿悟空。太白金星提議：「不如讓他到天上來，給他一個官職，也好約束他，這樣他就不會到處**鬧事**了。」玉皇大帝覺得這個主意不錯，便命太白金星下界去召悟空上天。

　　悟空滿心歡喜，上了天宮。玉皇大帝封他為「弼馬溫」（弼，粵音拔），負責飼養天馬。

一開始，悟空做得十分起勁，把天馬養得膘肥體壯。後來，他得知弼馬溫是天庭最小的官，氣得**咬牙切齒**：「我老孫在花果山稱王稱霸，玉帝竟然哄我來給他當馬夫？」說完，他「呼啦」一聲推倒桌子，打出了南天門，駕雲向花果山飛去。

悟空回花果山後，自封為「**齊天大聖**」。玉皇大帝很生氣，派托塔李天王帶領哪吒和天兵天將去降伏悟空，卻被悟空打得落花流水。玉皇大帝沒有辦法，只好封悟空做「齊天大聖」，派他管理蟠桃園。

悟空歡歡喜喜地來到了蟠桃園。園中土地神向他介紹說：「**蟠桃園**共有桃樹三千六百株。前面一千二百株，果子三千年一熟，人吃了可得道成仙。中間的一千二百株，果子六千年一熟，人吃了能長生不老。後面的一千二百株，果子九千年一熟，人吃了可與**天地同壽**。」

悟空十分高興。此後，三天兩頭跑到蟠桃園裏，專挑大桃吃個飽，然後變成兩寸長

的小人藏在枝葉間睡覺。沒過多少日子，他就把樹上的熟桃子吃得**所剩無幾**。

一天，王母娘娘要開蟠桃盛會，命七個仙女到園裏摘蟠桃。仙女們在園中走了一圈，也沒找到幾個熟桃子，反而驚醒了變成小人的悟空。

悟空現出原形，掏出金剛棒，大喝一聲：「哪裏來的怪物？敢來**偷桃**！」

仙女們慌忙跪下說：「大聖息怒！我們是奉王母娘娘之命，來摘仙桃開蟠桃大會的。」

悟空**轉怒為喜**，又問：「蟠桃會請了什麼人？有我老孫嗎？」仙女們說：「蟠桃會遍請各路神仙，但沒聽說有大聖你。」

悟空很生氣，使了個定身法，把七個仙女都定住，自己踏着彩雲直奔瑤池。路上，他遇到了前去參加蟠桃大會的赤腳大仙，就設法把赤腳大仙哄到別的地方去，自己則變成赤腳大仙的模樣來到瑤池。

瑤池裏擺滿了山珍海味，神仙一個也沒到。忽然，一股酒

香撲鼻而來。
悟空變出幾隻
瞌睡蟲，扔到幾個
仙官的臉上，讓他
們沉睡過去，自己則捧
着酒壺痛快地喝了一場。

　　悟空喝得**醉醺醺**的，自言自語
道：「不好！待會客人來了，被發現
怎麼辦？還是回府裏睡覺吧。」

　　悟空搖搖擺擺，走錯了路，來到了太上老
君的兜率宮。他徑直來到煉丹房，看到煉丹爐
旁放着五個**葫蘆**，葫蘆裏都裝着煉好的金丹。
悟空揭開葫蘆蓋，說：「這丹藥可是寶物，趁

老君不在，我吃幾顆嘗嘗吧。」說着，把葫蘆裏的金丹都倒了出來，像吃炒豆似的飽頓一餐。

吃完金丹，悟空也酒醒了，心知闖下大禍，便匆匆離開兜率宮，使個隱身法逃出西天門，一個筋斗回到了花果山。

第四回
悟空大戰二郎神

　　玉皇大帝得知悟空破壞蟠桃會、偷吃金丹，**大發雷霆**。他派托塔李天王率領十萬天兵，布下天羅地網，把花果山圍得水洩不通。悟空一點也不害怕，拿出金剛棒，拔下毫毛，吹出千百個分身，把天兵天將打得**落花流水**。玉皇大帝只好又派外甥二郎神前去助戰。

　　二郎神接了神旨，帶着梅山六兄弟，來到花果山。悟空見了二郎神，笑道：「哪裏來的

小將？膽敢到這裏挑戰？」

「我是玉皇大帝的外甥二郎神，奉命前來捉拿你這不知死活的弼馬溫！廢話少說，先吃我一槍！」二郎神說着，舉起三尖兩刃槍向悟空刺去，悟空忙舉棒相迎。兩人各顯神通，大戰三百多回合，**不分勝負**。

二郎神搖身一變，變得身高萬丈，手舉三尖兩刃槍，向悟空砍去。悟空也不甘示弱，變得和二郎神一樣高大，舉着金剛棒，擋住二郎神。他們鬥得起勁，眾猴孫嚇得跑的跑、鑽的鑽。

悟空不想再和二郎神打下去，搖身變成一隻麻雀，飛到樹梢上。二郎神認出麻雀是悟空變的，就變成一隻老鷹，抖開翅膀撲打過去。悟空一看不好，又變成一隻大鶖鳥沖天而去，二郎神急抖羽毛，變成**大海鶴**來啄他。悟空急了，降落在溪澗，變作一條小魚鑽入水中。二郎神趕過來，沒看見悟空，就變成一隻魚鷹在

水面上盤旋。悟空變的小魚正順水快速游動，忽然看見一隻飛禽，急忙掉頭游走。魚鷹趕上來就啄，悟空連忙變成一條**水蛇**，游上岸鑽入草中。二郎神轉眼便變成一隻灰鶴，伸長嘴來吃水蛇。水蛇跳一跳，變作花䳭（粵音保），落在山坡上。

二郎神現出原形，取出彈弓，一彈子打來。悟空**靈機一動**，滾下山去變成一間土地廟，大張着嘴，扮成廟門，牙齒變作門扇，舌頭變成菩薩，眼睛變成窗戶。只是尾巴不好辦，豎在後面，變成一根旗杆。

二郎神趕到山下，看見旗桿不立在廟前，而豎在背後，就笑着說：「這潑猴又來騙我，我要是從廟門進去，肯定被他吃了！我就先挖窗户，再踢大門！」

　　悟空**見勢不妙**，忽地一個虎跳，鑽入空中不見了。李天王用照妖鏡四處一照，發現悟空變成二郎神的模樣跑到灌江口的二郎廟去了。二郎神帶着梅山六兄弟趕到那裏，把悟空團團圍住，又打在一起了。

這時，在天上觀看的太上老君扔下一個金剛圈，打中了悟空的天靈蓋。悟空沒有防備，又被二郎神的哮天犬趕上來咬了一口，摔倒在地。二郎神和梅山六兄弟趁機一擁而上，將他按住，**五花大綁**押回天宮去見玉皇大帝。

第五回
石猴難逃如來掌

　　玉皇大帝下旨**嚴懲**悟空。可是，天兵們不管是用刀砍槍刺，還是雷劈火燒，都傷害不了悟空一根毫毛。

　　太上老君建議：「不如把他放到我的八卦爐中，煉成灰燼。」誰知，煉了七七四十九天，悟空不僅沒死，還煉就了一雙**火眼金睛**。他趁太上老君打開爐門時，忽地跳出丹爐，還踢倒了丹爐。他從耳中取出金剛棒，迎風晃一晃，

變成碗口粗細，拿在手中，漫天舞動，無人可擋，直打到通明殿裏、靈霄殿外。一時間，天宮亂成一團。

玉皇大帝沒有辦法，只好派人急赴西天，請如來佛祖火速前來相助。

如來佛祖離開西天靈山雷音寶剎，來到靈霄殿外，見了悟空，說：「大膽潑猴，你為什麼要擾亂天宮？」

悟空理直氣壯地說：「皇帝輪流做，明

　　年到我家。你快叫玉皇大帝把
這天宮讓給我，我就罷手；要是不讓
的話，我還要繼續鬧，叫他永不安寧。」

　　如來佛祖哈哈大笑：「你有什麼本事，敢
出此狂言？」

　　「我的本領多着呢！我會七十二變，還會
駕筋斗雲，一個縱身能走十萬八千里。」悟空
得意洋洋地說。

　　如來佛祖說：「我與你打個賭。如果你有
本事一個筋斗跑出我這手掌心，我就讓玉皇大
帝把天宮讓給你。」

悟空一聽，高興得抓耳撓腮，暗想：這如來真是個呆子！我老孫一個筋斗十萬八千里，他那手掌還沒有一尺長，哪會跳不出？忙問：「你做得了主嗎？」

「做得！做得！」如來佛祖說着，伸開右手，只有荷葉般大小。

悟空縱身一躍，跳進佛祖的手心裏，叫了聲「我去了」，轉眼間就**無影無蹤**了。

悟空飛速前進，忽然看見五根肉紅色柱子撐着青天。悟空暗想：這裏應該是天的盡頭了。我要留些記號，回去好和如來說話！他拔下毫

毛，變出一枝蘸了墨的毛筆，在中間那根柱子上寫了「齊天大聖到此一遊」八個大字，還在第一根柱子下撒了一泡猴尿。

悟空一個筋斗回到如來佛祖的手掌心，說：「我剛才一直跑到天邊去了。你快叫玉皇大帝把天宮讓給我。」

「你這個尿精猴子，低下你的頭看看吧。」如來佛祖罵道。

悟空低頭一看，只見如來佛祖右手的中指上寫着「齊天大聖到此一遊」八個字，大拇指旁還有些猴尿的臊味。

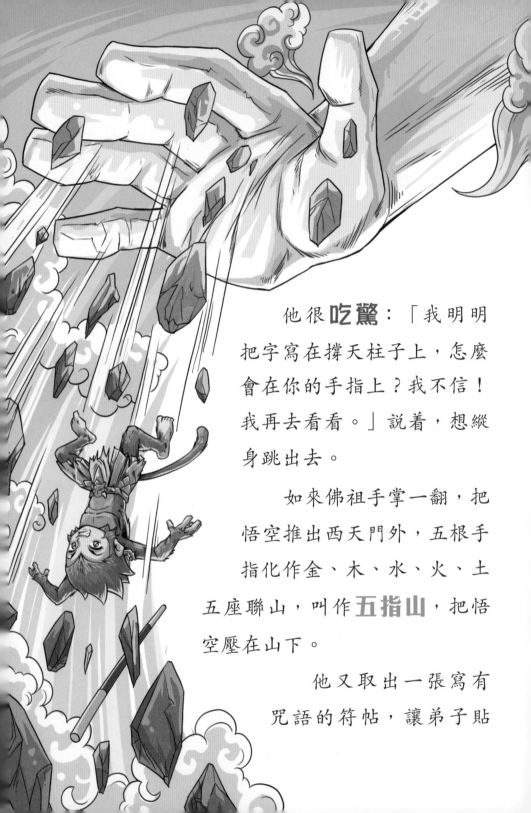

他很**吃驚**：「我明明把字寫在撐天柱子上，怎麼會在你的手指上？我不信！我再去看看。」說着，想縱身跳出去。

如來佛祖手掌一翻，把悟空推出西天門外，五根手指化作金、木、水、火、土五座聯山，叫作**五指山**，把悟空壓在山下。

他又取出一張寫有咒語的符帖，讓弟子貼

在山頂上，那山就生根合縫了。如來佛祖說：
「等他罪過消了，自然會有人來救他。」

　　從此，齊天大聖孫悟空就被壓在五指山
下，只留一個頭在外面，身體動彈不得。

　　餓了，山神給他鐵丸子吃；渴了，只能喝
熔化的銅汁。他**受盡磨難**，不知要到哪一天
才能逃出苦海。

第六回
唐僧五指山收徒

如來佛祖想到人世間常有打殺爭搶，充滿**是非險惡**，而自己有三藏真經，能勸人向善，於是派南海的觀音菩薩前往東土大唐，尋找前去西方取經的有緣人。

時光飛逝，五百年過去了。菩薩終於找到了取經人，他就是唐僧（唐三藏）。

這天，唐僧騎着馬來到五指山邊，聽見山腳下傳來如雷的喊聲：「我師父來了！」這叫喊的不是別人，正是五百年前大鬧天宮的悟空。原來，觀音菩薩曾對悟空説，東土大唐有人前往西天取經，會路過這裏。只要他答應隨東土大唐的取經人一起去取經，取經人自會來救他。所以他一看到唐僧，就非常激動。

悟空把自己的來歷和遭遇告訴唐僧，唐僧便揭下山上的符帖。悟空使足了力，從山下跳了出來。他在唐僧面前恭敬地跪下，拜了四拜。

唐僧給他另取了個名字，叫**孫行者**。

悟空請師父上馬，自己背着行李在前面引路。忽然，一隻猛虎咆哮而出，唐僧非常害怕，悟空趕緊掏出金剛棒一棒將老虎打死，剝下虎皮做成衣服。

師徒二人又走了兩天，遇到六個強盜。悟空大怒，把他們全都打死了。唐僧忍不住**埋怨**悟空：「你打死了這麼多人，毫無慈悲之心，怎麼去西天？」悟空一氣之下拋下唐僧走了。

唐僧歎了口氣，只好孤單地往西前進。觀音菩薩知道後，變成一位老婦人，送給唐僧一件光豔豔的棉布衣服和一頂嵌金花帽，讓他給悟空穿上，還教他唸**緊箍咒**。觀音菩薩說：「你的徒弟如果不聽話，你就唸這個咒語，他一定不敢亂來。」說完，就飛走了。

　　再說悟空離開師父不久就後悔了。他想起師父的救命之恩，於是又回到唐僧身邊。

　　悟空見師父餓了，忙打開包袱給師父拿乾糧，碰巧發現了棉衣和金花帽。他十分喜歡，

立刻向師父要來穿在身上。唐僧試着唸起緊箍
咒，悟空突然覺得腦袋一緊，痛得滿地打滾，
面紅耳赤，痛苦地大喊：「頭痛！頭痛！」
他伸手去抓金花帽，可那帽子上的金箍緊緊地
勒在頭上，彷彿生了根。

這時，悟空發現自己的頭痛和師父唸經有
關，便問：「師父，你為什麼要咒我？」

唐僧不答，反問：「你聽不聽我的話？還
會不會對我無禮？」

「聽話！聽話！別再唸了，我願保你去西天取經，再也不走了。」悟空連聲答應。

從此，悟空死心塌地地保護師父前往西天取經。

他們路過鷹愁澗時，一條飛龍鑽出山澗，躥上山崖，想把唐僧搶走。悟空慌忙丟下行李，從馬背上抱下師父就跑。那飛龍趕不上唐僧，便一口吞下白馬，隨後潛入水中，消失得無影無蹤。

原來，這小白龍本是西海龍宮三太子，因為做錯了事，被觀音菩薩送到

這裏，叫他等一個取經的人。很快，觀音菩薩趕來，喚出白龍，大喝一聲「變」，小白龍就變成一匹白馬，和唐僧原來騎的白馬一模一樣。這下，唐僧有了寶馬坐騎了。

第七回
高老莊八戒拜師

　　這天傍晚，師徒倆來到一個叫高老莊的村子，遇見一個趕路人。此人是高老莊高員外的家童，正要去請法師來降妖。悟空一聽便精神起來，說道：「遇到我，算你走運。我們是去西天取經的，專門降妖除魔。」家童聽了**半信半疑**，便領着他們去見高員外。

　　高員外向唐僧師徒訴苦：「三年前，我的小女兒翠蘭招了個女婿。開始的時候，這女婿

挺能幹的，就是吃得特別多。可後來，他竟變成了一個長嘴大耳朵的妖怪，還把翠蘭鎖在後院的一間小房子裏，不讓她和我們相見。」

悟空忙說：「我會降妖，快帶我去看看。」說完，跟着高員外來到關着翠蘭的小房子前。悟空一棒砸開大鎖，讓父女二人見面。

翠蘭說：「這妖怪不知往哪裏去了。這些天他經常三更半夜來，來的時候飛沙走石，天一亮就走。想必是防備父親要對付他。」

悟空救出翠蘭後，自己變成翠蘭的樣子，坐在牀上等妖怪。

不多時，颳來一陣狂風，狂
風過後，半空裏出現一個妖怪，
生得十分**醜陋**：黑臉胖身子，
兩隻大耳朵，穿着一件青不青、
藍不藍的布袍子，脖子上還繫了
一條手巾。

悟空變的翠蘭說：「我爹爹要請五百年
前大鬧天宮的齊天大聖來捉你。」妖怪
聽了，心裏害怕，轉身就往門外走。

悟空把臉一抹，現出原形，喝道：
「妖怪，看看我是誰？」

「啊，你是大鬧天宮的弼馬溫！」
妖怪驚叫一聲，化作狂風逃跑了。

　　悟空一直追到福陵山雲棧

洞洞口，妖怪扛出一把九齒釘耙，大罵道：「你

這潑猴，我本是天上的**天蓬元帥**，因為喝醉

酒欺負了嫦娥，被貶下人間，錯投了豬胎，變

成了現在的模樣。我做高員外的女婿，跟你有

什麼關係？」說着，舉起釘耙朝悟空砸來，悟

空舉棒相迎。

　　兩人耙來棒往，火星四濺。妖怪漸漸招架

不住，逃回洞裏，關緊洞門再也不出來。

　　悟空用金剛棒打了一通，把洞門打得粉

碎，叫罵道：「沒用的東西！快出來！」

　　妖怪十分生氣，跑出來說：「你這個弼馬

温，我記得你被如來佛祖壓在五指山下，如今為什麼跑到這裏來欺負我？」

悟空説：「我現在**改邪歸正**，保護東土大唐的三藏法師到西天取經，路過高老莊借宿，高員外請我救他女兒，順便來捉拿你。」

妖怪一聽這話，忙説：「原來是師父到了，觀音菩薩就是讓我在這裏等候取經人呢！他在哪裏？快引我去見師父。」

悟空半信半疑，於是變出一條麻繩，把他綁了帶去見師父。

　　唐僧問明妖怪的身分後，就收他為徒。觀音菩薩已經給他取了個法名，叫豬悟能，唐僧又給他取了個別名叫**豬八戒**。

　　收下豬八戒後，師徒收拾了一擔行李，由豬八戒挑着，悟空則在前面帶路。他們告別高員外一家，繼續西行。

第八回
流沙河收沙和尚

唐僧師徒三人走了幾個月，來到八百里寬的流沙河。只見河面**水勢寬闊**、波浪翻滾，更可怕的是，任何東西都沒法在這條河裏浮起來，就連鵝毛、蘆花也會沉入河底。

三人正為過不了河發愁，忽然河面**浪湧如山**，只聽「嘩啦」一聲，河中鑽出一個妖怪，又醜又兇：一頭紅焰髮亂蓬蓬的，兩隻圓燈眼亮晶晶的。他脖子下掛着九顆骷髏頭，手持寶

杖，一個旋風奔上岸
來搶唐僧。

悟空連忙護住
師父，八戒丟下擔子，
舉起九齒釘耙與妖怪打起來。兩人你來我往，
大戰二十回合，仍不分勝負。

悟空安頓好師父後，掄起金剛棒向妖怪打
去。那妖怪急忙轉身躲避，鑽入流沙河裏不再
出來。

八戒的水下功夫比悟空強，他雙手舞動釘
耙，分開水路，來到水底。八戒找到妖怪，與

他對打起來，並趁機把他引出水面。悟空見了，舉起金剛棒向着妖怪劈頭就砸。妖怪又慌忙鑽入河裏。八戒埋怨道：「你這弼馬溫，真是隻**急**猴子，沒等妖怪上岸就動手！」

八戒再次鑽入水中，想引妖怪上岸，可是妖怪這次不上當了。悟空無奈，只好駕着筋斗雲直奔南海去請觀音菩薩幫忙。

觀音菩薩對悟空說：「那妖怪原本是天上的**捲簾大將**，因為在蟠桃會上失手打碎了一隻杯子，被打入凡間，後經我勸化，取名悟淨，

願保唐僧到西天取經。你跟他說是取經人，他
就會歸順了。」

　　說完，觀音菩薩喊來惠岸行者，交給他一
個紅葫蘆，吩咐說：「你拿着這葫蘆，到流沙
河上叫**悟淨**出來。先引他歸順唐僧，然後讓他
把脖子上的骷髏頭取下來，將這葫蘆安放在中
間，做成一條船，幫助唐僧渡河。」

　　惠岸行者和悟空來到流沙河岸邊。惠岸行
者捧着紅葫蘆，在水面上高喊：「悟淨！取經
人在此，還不出來**歸順**？」那妖怪一聽有人在

叫他的法名，就跳上岸來，連忙上前行禮，並問：「取經人在哪裏？」惠岸行者指着唐僧説：「那坐在岸邊的就是。」

悟淨忙跪在唐僧面前，行拜師之禮，説：「師父，徒兒**有眼無珠**，不識師父尊容，請恕罪。」

唐僧給悟淨剃了頭髮，還給他取了個別名叫沙和尚，又叫沙僧。

沙僧按照觀音菩薩説的方法變出了一條
船，師徒四人坐在船上很快就過了流沙河。
沙和尚收了葫蘆，那九個骷髏頭霎時化作九股
陰風，消失了。

　　師徒謝過惠岸行者，沙和尚挑着行李，八
戒牽着馬，悟空在前頭引路，歡歡喜喜地繼續
往西天而去。

第九回
八戒招親落陷阱

這天天色已晚，師徒四人來到一戶人家門前，準備在這裏借宿一晚。

一個漂亮的中年婦人從屋裏走出來，把他們領進廳房，説：「我丈夫幾年前去世了，留下三個女兒和很多財產。我們母女四人，有意招長老師徒四人為夫。」唐僧聽後，**裝聾作啞**，只管唸經，不回答。

那婦人又説：「我家有八九年用不完的米

穀，十來年也穿不完的綾羅，一生都使不完的
白銀。你們師徒若肯留下，就有享不完的榮華
富貴，這總比西去取經強吧？」唐僧仍舊裝聾
作啞，不予理睬。

　　而八戒早聽得心裏癢癢的，再也坐不住。
他走上前，對師父說：「這婦人在跟我們說話，
你怎麼不搭理人家呢？」唐僧猛然抬頭，喝道：
「孽畜！我們是出家人，怎麼能因富貴動心、
因美色留意？」

　　婦人生氣了，說：「怎麼說我們也要招一
個吧。」

悟空、沙僧都不同意。婦人見他們推辭不肯，轉身走了，撇下師徒幾人，無茶無飯，也不見人影。

八戒**按捺不住**，說：「你們幾個坐着，我老豬去放放馬。」悟空猜到他可能在打歪主意，就變成小蟲子跟去。

八戒轉到後門，找到那婦人，說願意做她的女婿，還**親熱**地叫她「娘」。悟空把這一切都看在眼裏，回去告訴師父。唐僧聽了，將信將疑。

不久，八戒回來了，婦人也帶着三個女兒來到廳房。這三個

女兒都長得美若
天仙，可唐僧、
悟空和沙僧毫不動心，只有
八戒看得目不轉睛。

　　婦人把八戒帶進裏屋之後，還在猶豫該把
哪個女兒許配給八戒。八戒卻說：「娘，哪個
男人沒有三妻四妾？再多幾個，你女婿也笑納
了。」

　　婦人卻說：「你摸到誰，我就把誰嫁給你
做妻子。」說着，用布條把八戒的眼睛蒙上。

　　八戒往東撲，抱到了柱子；往西撲，撞到
了牆壁……他跑來跑去，不停跌倒，跌得鼻青
臉腫。最後他累得坐在地上，扯開布條，喘着

氣說：「娘，我一個也摸不到，怎麼辦？」

婦人說：「我這三個女兒個個**心靈手巧**，她們每人織了一件珍珠汗衫，你能穿上哪個織的，她就嫁給你。」

「好，好！如果都穿得上，就都給我做妻子吧！」八戒高興地從婦人手中奪過一件汗衫往身上套。衣服才穿好，他便跌倒在地。原來，汗衫變成幾條**繩索**緊緊捆住了他。八戒痛得直哼叫，而婦人和她的三個女兒這時都不見了。

唐僧、悟空和沙僧三人天亮時醒來，發現房子不見了，他們都睡在松柏林中。一棵樹上掛着一個帖子，三人看了，才知道昨天的母女招親是黎山老母、南海觀音等神仙

故意安排，考驗他們師徒的。

這時，他們聽到林子深處傳來八戒的喊聲：「師父，快來救我，我下次再也不敢了！」悟空說：「別理他，我們走。」沙僧不忍心，急忙趕過去，發現八戒正被吊在樹上呢。他解開繩索，把八戒放下來。八戒非常羞愧，連忙向唐僧磕頭認錯。

第十回
偷吃人參果闖禍

　　唐僧師徒一路**跋山涉水**，來到了萬壽山。山裏有一個五莊觀，觀裏有一棵神奇的人參果樹，它三千年一開花，三千年一結果，而且只結三十個果子，果子要過三千年才能成熟。果子的模樣就像才出世三天的嬰兒。只要聞一聞那果子，就能活三百六十歲；吃一個，能活四萬七千年。

　　這一天，五莊觀觀主鎮元大仙受天上神仙

邀請去聽道，就留清風、
明月兩個仙童看家。出門
前，他吩咐道：「不久，東
土大唐的聖僧唐三藏要從這裏
經過，你們打兩個人參果招待他，不可**怠慢**。」

　　沒過多久，唐僧師徒就來到觀裏。清風、
明月給唐僧端來了兩個人參果。唐僧見了，**害
怕**地說：「這是出世沒滿三天的小孩，怎麼能
給我吃？」

　　清風、明月解釋說這是樹上結的果子，可
是唐僧不相信。
兩人見唐僧不
吃，就拿回房
裏，高興地分
吃了。

這一切被在隔壁廚房做飯的八戒聽到了。他也很想嘗嘗人參果的味道，就慫恿悟空去偷幾個來吃。

這可難不倒悟空。他找到人參果樹，打下一個。哪知果子一掉落地上，就消失得不見蹤影。悟空問了土地神才知道，這果子遇土即入。這回，他提起衣襟，打下三個果子，帶回廚房分給八戒、沙僧每人一個。

八戒嘴巴大，把果子整個吞了下去，什麼滋味都沒

嘗到，急得直嚷叫：「師兄，再弄一個來，讓我老豬細細品嘗一番。」

悟空搖搖頭，說：「這可是寶物，你別不知足了。」說完，就不再理他。

八戒還在咕噥，正好被門外的清風、明月聽到。兩人到樹前一查看，發現果子少了四個。他們很生氣，跑去指着唐僧師徒罵個不停。

悟空氣得牙齒咯咯作響（咯，粵音落），拔了根毫毛變成假悟空留在房裏挨罵，真身跑到園子裏亂打一通，把人參果樹推倒了。

清風、明月罵夠了，又去了趟園子，卻發現人參果樹被**連根拔起**，果子都不見了，頓時嚇得**大驚失色**。他們合計悄悄地將唐僧師徒鎖在一間屋子裏，好等師父回來處置。

　　等到夜深人靜的時候，悟空使了個解鎖法，偷偷把門打開。他還摸出兩隻瞌睡蟲，彈到兩個仙童臉上，然後師徒四人一直向西奔去。

　　不久，鎮元大仙回來了，得知人參果樹被毀，十分惱怒。他親自把師徒四人捉了回來，

還準備用龍皮七星鞭抽打唐僧。

悟空怕師父被打傷，忙說：「**打我**！偷果子的是我，吃果子的是我，毀果樹的也是我！」鎮元大仙氣得揮動鞭子朝悟空打去，可是不管用鞭子抽打，還是用油鍋炸，都傷害不了悟空。鎮元大仙又氣又急，只好轉過來對付唐僧。

悟空急了，說：「如果你放了我師父，我**保證**還你一棵活樹！」鎮元大仙這才同意。

悟空立刻駕着雲去找眾神仙要醫樹的方法，可大家都說沒有辦法。他只好去找觀音菩薩幫忙。

　　觀音菩薩用柳枝蘸上玉淨瓶中的甘露救活
了仙樹。那些不見了的人參果一個個從地裏鑽
出來，重新掛回樹上。

　　鎮元大仙十分高興，更與悟空結拜為兄
弟，這真是不打不相識。

第十一回
悟空三打白骨精

　　唐僧師徒離開了五莊觀，繼續上路西行。這天，師徒四人來到山高林深的白虎嶺。唐僧說：「悟空，我肚子餓了，你去化些齋飯回來吧！」

　　悟空跳上筋斗雲，四下**眺望**，發現周圍根本沒有人家，而南邊的高山上有一片茂密的山桃林，就說：「師父，我去給你摘桃子。」說完，駕着筋斗雲走了。

　　話説山裏住

着一個白骨精，此時正在

雲端腳踏陰風望着唐僧，她自言自語道：「真

是好運氣！聽説唐僧是如來佛祖的弟子金蟬子

轉世，吃了他的肉能長生不老，今天正好給

我碰上了。」她搖身一變，變成一個花容月貌

的女子，提着一個罐子朝唐僧他們走去。

　　一看見漂亮女子，八戒立刻走上前。那女

子騙八戒説要給自己的丈夫送飯，但願意先給

唐僧享用。唐僧不肯吃，一旁的八戒急壞了，

把罐子提過來就要吃。

正在這時，悟空摘完桃回來了，睜開火眼金睛一看，認出那女子是白骨精變的，舉起金剛棒就打。白骨精使了個法術，真身化作一陣輕煙逃走了，留下一具假屍躺在地上。

唐僧見出了人命，就責怪悟空說：「你這潑猴，**屢教不改**，無緣無故就打死人。」

悟空也不生氣，說：「師父，你來看看這罐子裏的是什麼東西。」沙僧攙着唐僧走近一看，罐子裏裝滿了蛆，還有幾隻青蛙、癩蛤蟆滿地亂爬亂跳。唐僧有點相信悟空的話。

八戒沒吃到東西，一肚子怨氣，便在旁邊**挑唆**：「師父，他怕你唸緊箍咒，就變出這些東西哄你呢！」

唐僧覺得有道理，便唸起緊箍咒來。悟空忍不住大叫：「頭痛！頭痛！莫唸！莫唸！」經過悟空苦苦哀求，唐僧才回心轉意。

白骨精在雲端看着，恨得**咬牙切齒**。這回，她搖身一變，變成一個八十歲的老婆婆，

拄着拐杖哭着走過來找女兒。

悟空走上前，一眼看出這老婆婆就是剛才的妖怪變的，二話不說，舉棒就打。白骨精又被打跑，把假屍首丟在山路上。

唐僧嚇得滾下馬來，足足唸了二十遍緊箍咒。悟空頭痛得**滿地打滾**，哀求道：「師父，別唸了，別唸了！」

唐僧**心軟**了，說：「再饒你這一次，以後萬萬不能再行兇了。」

白骨精沒抓到唐僧，很不甘心。這回她變成一個白髮蒼蒼的老公公

前來尋找失蹤的妻子和女兒。悟空早已**識破**她的真面目，舉起棒來，這次一棒把白骨精的真身打死了。

唐僧見悟空把老翁打死了，嚇得**戰戰兢兢**，說不出話來。正要唸緊箍咒，就見悟空來到跟前，大聲說：「師父，不要唸，先來看看她的模樣！」

唐僧上前一看，是一堆白骨，骨頭上寫着

「白骨夫人」四個字。唐僧聽了悟空的話，也就相信了。誰知八戒又在旁**多嘴**道：「他打死人，故意把屍體變成這副模樣騙你。」

唐僧耳軟，信了八戒的話，又唸起緊箍咒來，而且不管悟空怎麼哀求，都**堅決**要把悟空趕走。悟空沒有辦法，跪下向唐僧拜了四拜，便含着眼淚飛回花果山。

第十二回
寶象國勇救公主

　　悟空走後，八戒和沙僧保護唐僧過了白虎嶺，走進一片黑松林。

　　唐僧覺得又累又餓，就坐在樹邊休息，叫八戒去化些齋飯。誰知八戒**偷懶**躲到草叢中睡着了。

　　唐僧等了半天也不見八戒回來，就讓沙僧去找。沙僧走後，唐僧站起來到處走走散心，不想誤入波月洞，被黃袍怪抓了起來。

唐僧被關在洞裏，想着自己多災多難，忍不住哭起來。

　　這時，一個女子來到唐僧面前，說：「長老不要煩惱，我是寶象國的公主，十三年前被這妖怪抓來做了他的妻子。如果你肯幫忙帶一封信給我父親，我就求妖怪放了你。」唐僧答應了。公主果真勸服妖怪放了唐僧。

　　唐僧一行來到寶象國，把公主的信交給了國王。十三年前公主失蹤後，滿朝文武百官到處找她，但都一無所獲，

只說公主走出了皇宮，找不到回來的路。沒想到是被妖怪抓去。國王讀完信後十分傷心，再三請求唐僧幫忙救出公主，八戒想逞英雄便答應了。可他們哪是黃袍怪的對手，沙僧被那妖怪捉住，八戒**僥倖**逃脫，躲起來睡覺去了。

黃袍怪心想：「我好心放他們走，他們竟然還來搗亂。」他發起狠來，要把唐僧也一起捉回來。於是，他變成一個英俊的男子去見國王，說自己是駙馬，要向他認親。

國王見他相貌堂堂，便問道：「你家住哪裏？怎麼今天才來認親？」

黃袍怪用**花言巧語**騙取國王的信任：「十三年前，我從虎口中救了公主，和她成了親。後來，那老虎竟然成了精，前幾日還吃了大唐來的和尚，變成他的模樣到處騙人，禍害百姓呢！」他指着唐僧說：「我是打虎的獵人，自然認得出這妖怪！」

說完，他讓人端來半碗水，唸動咒語，將

一口水向唐僧臉上噴去。唐僧霎時變成一隻斑斕猛虎。國王**大驚失色**，命眾武士用鐵索將老虎鎖了，關在鐵籠裏。

再說八戒一覺醒來，猜想沙僧一定是被妖怪捉去了。他急忙跳上雲頭，回到寶象國京城，卻四處找不到師父。

正着急，白龍馬開口說：「師兄，師父被妖怪變成了老虎，鎖在鐵籠裏呢！你快去請大師兄前來相救吧！」

八戒很不樂意，嘟噥着：「那猴子現在不知道對我有多生氣呢！我去請他，他一棒下來，

我老豬就沒命了。不
如大家就此告別，我
正好回高老莊做女婿去！」

白龍馬說：「大師兄是個**有情有義**的猴
王，見此情形不會坐視不管的。」

八戒沒有辦法，只好飛到花果山請悟空幫
忙。八戒見到悟空，把事情的經過說了，還**添
油加醋**地說：「那黃袍怪聽到你的名號，更加
無禮了，說正恨不得剝你的皮、抽你的筋、啃
你的骨、吃你的心，還要把你剁碎了放進熱油

鍋裏炸呢！」

　　悟空氣得**暴跳如雷**，跟着八戒一起來到波月洞，救出沙僧，並和妖怪打起來。悟空一棒打下去，那妖怪立刻逃得不知所終。

　　悟空忙跳上雲端，睜開火眼金睛四處查看，卻不見黃袍怪的蹤影。悟空料想這妖怪可能是從天上下凡的，急忙一個筋斗來到天庭找玉皇大帝。

　　玉皇大帝命天師搜查，這才發現原來是天上的奎木狼星（奎，粵音灰）下凡作怪。玉皇大帝忙派天神收他上界。

　　悟空謝過玉皇大帝，回到波月洞救出公
主，送她回寶象國。悟空還施法讓唐僧現回原
身。

　　唐僧**感激**地說：「悟空，這次多虧了你啊！
這一路西去，實在不能少了你！以前為師錯怪
你了。」師徒倆和好如初。一行四人高高興
興地繼續上路。

第十三回
蓮花洞奪寶除魔

　　這天，唐僧師徒來到平頂山。山中的蓮花洞裏住着金角大王、銀角大王兩個魔頭，他們神通廣大，十分屬害。他們正**密謀**要吃唐僧肉呢！

　　八戒出去巡山時，被銀角大王抓走了。後來銀角大王又變成一個摔斷腿的道士，騙取了唐僧的同情。唐僧想讓他上馬背他回去，假道士卻說受了傷不能騎馬，一定要悟空背。剛上

了悟空的背，假道士便唸動咒語，移來三座大山壓住悟空，把唐僧和沙僧也抓進了蓮花洞。

銀角大王知道悟空不容易對付，就叫兩個小妖拿着寶物紫金紅葫蘆和羊脂玉淨瓶，前去裝悟空。其實，悟空早就脫身了，變成一個老道士，再變出一個大葫蘆。他拿着葫蘆在半路等小妖來。

悟空上前打招呼，拿出大葫蘆給小妖看。小妖接過葫蘆看了看，說：「你這個中看不中用，我們的兩件寶物每件能裝一千人！」

　　悟空説：「你這裝人的，有什麼稀罕？我這葫蘆能裝天呢。」説着，唸動咒語，讓天神幫忙遮住了天。兩個小妖驚得**目瞪口呆**，忙拿出紅葫蘆和玉淨瓶同悟空交換，然後歡歡喜喜地拿着假葫蘆回去領功了。不想沒走多遠，悟空收回毫毛，弄得那兩妖**四手皆空**，只好回妖洞請罪。

　　金角大王一聽，暴跳如雷，斷定是孫悟空騙走了寶物。銀角大王説：「怕什麼！我們派兩個小妖去母親那裏取幌金繩來捉拿孫悟空，

順便請母親來吃唐僧肉。」

不料這番話被變成蒼蠅跟着小妖進洞的悟空聽到。悟空在半路打死了小妖和老妖婆，拿到幌金繩，然後變成老妖婆的模樣回到蓮花洞，可是很快就被金角大王、銀角大王識破。

悟空想用幌金繩綁住妖怪，可惜不會用，反而被兩個魔王綁住了，身上的兩件寶物也被搜走。

銀角大王拿起紅葫蘆，底朝天、口朝地，對着悟空叫了一聲：「孫悟空。」悟空剛一應聲，就被吸進了紅葫蘆裏。

　　過了一會兒，銀角大王
打開葫蘆蓋，想看孫悟空有沒
有化成膿水。悟空變成一隻小蟲子
悄悄爬了出來，又搖身一變，成了侍酒的小妖。
悟空趁機用假的紅葫蘆換走銀角大王的真紅葫
蘆，然後來到洞外叫喊。銀角大王拿着假紅葫
蘆出門**迎戰**。

　　悟空跳到空中，學着銀角大王的做法，把
葫蘆底朝天、口朝地，對着妖怪叫了一聲：「銀
角大王！」

　　銀角大王輕輕應了一聲，便立刻被吸進葫
蘆裏。悟空一路打回到蓮花洞內，金角大王聞

風逃跑。悟空趕緊追去，路上撿到羊脂玉淨瓶，連忙從身後喊道：「金角大王！」金角大王以為是自己的小妖喊他，回頭應了一聲，立即被吸進瓶裏。

收拾完兩個魔王，悟空救出在洞中的師父。這時，太上老君來了。原來，這兩個魔王都是幫他看守爐子的童子，分別看守銀爐和金爐。他們偷了太上老君的寶物下凡作怪。

太上老君收了寶物，揭開葫蘆和玉淨瓶的蓋子，倒出兩股仙氣，變成了金、銀兩個童子。太上老君領着兩個仙童，辭別唐僧師徒，駕着祥雲回天上去了。

第十四回
烏雞國鬥青獅精

師徒四人過了平頂山，繼續西行，一路上**風餐露宿**，也不知道過了多少日子，來到深山中的寶林禪寺借宿。

晚上，唐僧坐在椅子上迷迷糊糊睡着了，突然看到門外站着一個渾身**濕淋淋**的人。那人邊哭邊說：「我是四十里外烏雞國的國王。三年前，一個道士把我推進御花園的井內，淹死了我，又變作我的模樣，在烏雞國做了國王。

我聽說你的大徒弟孫悟空本領高強，
特來請他到烏雞國降伏妖怪。」說完
便消失了，留下一塊玉圭。

唐僧驚醒後，才知道是夢。他忙喊來悟
空，把夢中的情景詳細說了。悟空想：假國
王在朝中三年，我們要去把真國王的屍體撈出
來，也好有個證據。

半夜裏，悟空哄八戒説：「八戒，我發現
了一樣寶物。」八戒一聽説有寶物，就精神起
來。他們來到烏雞國御花園的井口邊，悟空讓
八戒下去找寶物。

八戒在井底找到一具屍體，對着上面喊：「師兄，哪裏有什麼寶物？只有一具屍體。」

悟空說：「那是烏雞國國王，他就是寶物，快背上來。」

八戒把屍體背回寶林禪寺。悟空從太上老君那裏討來九轉還魂丹，救活了國王。悟空讓國王換了衣服，打扮成道士模樣，一同進城。去宮裏倒換關文時，悟空當眾揭穿假國王的真面目。

那妖怪見事情敗露，又打不過悟空，搖身一變，變得與唐僧一模一樣，和他肩並肩站在一起。

悟空趕過來，舉棒要打。這個說：「徒弟，不要打，是我！」那個也說：「徒弟，不要打，是我！」

悟空一時分不出真假，不知該怎麼辦。八戒笑着說：「師兄啊，你忍住頭痛，叫師父唸唸緊箍咒，不會唸的必是妖怪。」

　　悟空聽了，說：「也好。師父，你唸咒吧。」

　　真唐僧一邊唸咒語，一邊擔心地看着**痛苦**的悟空。那妖怪哪裏知道咒語，只好亂唸。八戒笑道：「這亂唸的便是妖怪了！」舉起釘耙就打。那妖怪縱身跳起，踏着雲頭逃跑了。

　　八戒大喝一聲，也駕着雲頭趕上去，沙僧也拿出寶杖來打。悟空忍着頭痛，提着金剛棒，趕到空中。他縱起祥雲，飛到九霄，正想朝妖怪打去。

這時，文殊菩薩趕來了，原來這妖怪是他的坐騎青毛獅變的。青毛獅趁菩薩不在，偷跑出來下界作亂。

文殊菩薩讓妖怪變回青毛獅，騎着牠回天庭去了。

真國王重新登上了王位，設宴款待唐僧師徒。唐僧師徒不肯久留，辭別國王，繼續西行。

第十五回
悟空大戰紅孩兒

離開烏雞國後，師徒四人又走了半個多月，來到一座**險峻**的高山上。

山裏住着一個小妖怪，他聽說吃了唐僧肉可以長生不老，就天天在這裏等。這日見師徒四人路過，小妖就變成一個小男孩，被五花大綁地吊在樹上，淒淒慘慘地哭喊：「救命！救命！」

慈悲為懷的唐僧覺得小孩可憐，不僅讓八

戒救下孩子，還讓悟空背着孩子走。悟空火眼金睛，一眼看出這是妖怪變的，找了個機會把他重重摔在地上。妖怪趁機化成一道紅光，跳到半空，颳起妖風，捲走了唐僧。

悟空立刻叫來土地、山神查問，才知道這妖怪來自火雲洞，名叫紅孩兒，是牛魔王和鐵扇公主的兒子。

悟空滿心歡喜，來到火雲洞洞口叫喊，讓紅孩兒出來迎戰。不久，紅孩兒便領着小妖們推着五輛小車出來了。

悟空笑着說：「姪兒啊，我是五百年前大鬧天宮的孫悟空，是你父親牛魔王的**結拜兄弟**。快快把你師爺爺送出來！」

　　紅孩兒不相信，舉起火尖槍刺向悟空。悟空忙閃過槍頭，掄起金剛棒打過去。兩人你來我往，大戰了二十回合。八戒看得心急，舉起九齒釘耙，對着紅孩兒劈頭打去。

　　紅孩兒見打不過，轉身跑回洞前，站在一輛小車上，一隻手舉着火尖槍，一隻手揑着拳頭，朝自己鼻子上打了兩拳。霎時，他嘴裏噴出大火，鼻孔冒出濃煙，五輛車子上湧出火光。他連噴幾口，整座火雲洞立刻**煙霧瀰漫**，化

成一片火海。

　　這火不是一般的火，而是三昧真火（昧，粵音妹），悟空被熏得眼淚直流，趕緊去請四海龍王降雨滅火。可是龍王的水不但滅不了三昧真火，反而讓火越燒越旺。悟空又被紅孩兒迎面噴來的一口濃煙熏得淚流不止，只好駕着筋斗雲逃走。

　　紅孩兒**大勝而回**，讓小妖們去請牛魔王來一起享用唐僧肉。變作蒼蠅躲在洞裏偷聽的悟空連忙飛出洞外，假扮成牛魔王的樣子，然後被小妖們當成真的牛魔王帶回洞裏。

機敏的紅孩兒覺得牛魔王來得太快了，便試探悟空：「父王，你還記得孩兒的生日嗎？」悟空推說**年老健忘**。紅孩兒一聽便知道眼前的牛魔王是悟空變的，又用三昧真火燒他。悟空慌忙逃出洞府，駕着筋斗雲去南海請觀音菩薩幫忙。

　　觀音菩薩隨悟空來到洞前，讓悟空去引紅孩兒出來。悟空在洞前叫戰，紅孩兒拿着火尖槍追出來。

　　悟空邊打邊跑，沒一會兒就將紅孩兒引到觀音菩薩面前。觀音菩薩化作金光飛到半空中，只留下一座蓮台。

　　紅孩兒見蓮台光芒四射，十分喜歡，於是走上蓮台，學着觀音菩薩的樣子，盤手盤腳坐在當中。不料那蓮台祥光散盡，紅孩兒頓時坐在了刀尖之上。紅孩兒慌了，扳着刀尖痛聲哀求：「菩薩，弟子**有眼無珠**，不識你廣大法力。饒我性命吧，我願意跟着你修行！」

　　就這樣，觀音菩薩降伏了紅孩兒，收他做**善財童子**。悟空謝別觀音菩薩，救出師父，繼續西行。

第十六回
黑水河險遇鼉妖

這天，唐僧師徒來到黑水河邊，只見眼前的河水渾濁烏黑，如同**墨染**一般。

師徒們正為不能過河而煩惱，忽見一隻小船搖來，唐僧歡喜地叫艄公（艄，粵音筲）渡師徒四人過河。艄公說：「船太小，每次只能渡兩人。」於是唐僧與八戒先上船，悟空和沙僧在岸邊等待。

眼看到了河心，忽然颳來一陣怪風，立時

浪翻波湧，小船晃悠着轉了一圈，一下子翻到水中，消失得無影無蹤。

原來，這風是那鼉公颳起的，他是這黑水河中的妖怪，特意設下陰謀詭計捉拿唐僧。

悟空和沙僧見了，心中十分着急。沙僧説：「大師兄，你看着馬匹和行李，等我下水去尋那妖怪。」説完便手持降妖寶杖，跳進水中。

沙僧一直追到黑水河神府。他拿起寶杖劈頭便打妖怪。妖怪急忙舉起竹節鋼鞭相迎。兩人在水底大戰了三十回合，**不分勝負**。

沙僧想：我打不贏他，不如引他出去，讓師兄來對付。想到這裏，沙僧拖着寶杖裝作要逃。

　　那妖怪並不追趕，說：「我不和你鬥了，我還要發請柬給我舅舅，請他來吃唐僧肉！」

　　沙僧**氣呼呼**地跳出水面，把情況告訴了悟空。悟空問：「知不知道是哪裏來的妖怪？」沙僧搖搖頭。

　　此時，黑水河河神現身了。河神說：「那妖怪是西海龍王的外甥，原來是一條鼉龍（鼉，粵音陀），去年五月乘着大潮從西海來到這裏。他不僅強行奪走了我的河神府，還傷害了我們多名兄弟。今天聽說大聖你到此，特來參拜，請大聖無論如何都要為我報仇**申冤**！」

悟空聽了，説：「我去把西海龍王請來，讓他去擒拿這個妖怪，好幫你申冤。」説完，駕起筋斗雲，直奔西海去找西海龍王。

西海龍王聽説外甥小鼉龍要吃唐僧，嚇得魂飛魄散，一邊跪下請罪，一邊許諾一定協助悟空捉拿鼉龍。原來那妖怪是西海龍王妹妹的第九個兒子。本來是要他在黑水河修身養性，不料卻惹出這些事來。

龍王連忙讓太子帶領五百精兵跟着悟空來到黑水河。

鼉龍聽說太子要他交出唐僧，跳出水面，大罵太子**不知好歹**。

太子氣不過，衝上前和鼉龍打起來。鬥了十多個回合，太子故意露出一個破綻，鼉龍不知是計，忙撲過來。

太子一閃身，讓他栽了個大筋斗。眾海兵一擁而上，用繩子綁了他的雙手，拿上岸來，押到悟空面前。

悟空問鼉龍唐僧和八戒的下落，鼉龍不肯說。沙僧說：「我知道在哪兒，讓我去找師父。」

沙僧和河神一起跳入水中，來到河神府，只見裏面**靜悄悄**的，不見一個小妖。兩人進到亭台裏面，看見唐僧、八戒都被捆在那裏。

沙僧忙給唐僧解了繩，河神給八戒鬆了綁。隨後，他們一人背着一個，衝出水面，來到岸邊。

悟空見師父平安，就饒了鼉龍的性命，由龍太子押着他回去，交給龍王處置。

黑水河河神非常感激悟空，許諾護送師徒四人過河。他唸唸有詞地作起了阻水的法術，霎時間，上游的水被擋住，下游的水也被撤乾，開出了一條大路。

師徒四人向河神道謝後，高興地上路了。

第十七回
車遲國勇降三怪

　　這天，師徒四人來到車遲國。車遲國國王拜虎力大仙、鹿力大仙和羊力大仙三個道士為國師，這三個道士專門**欺壓**和尚，讓他們做苦工。原來不久前，國王讓和尚求雨，和尚求不來，而三個道士一作法，雨就下起來了。國王因此關了和尚的廟堂，拜三個道士為國師。

　　第二天，唐僧師徒去王宮倒換關文。虎力大仙要他們求來雨才給換。國王一聽，說：「你

們和國師比一比求雨。如果你們贏了，就倒換關文，放你們西去；如果輸了，就將你們押赴刑場，**斬頭**示眾。」說完，叫人搭建求雨台，完成後便開始比試。

首先，虎力大仙登壇作法。只見他在壇上揮舞着寶劍，一邊唸咒一邊燒令符，不一會兒就起了風。悟空見虎力大仙有點本事，就到天上找來各路神仙，讓他們只聽自己的號令。最後，虎力大仙沒有求到雨。

輪到唐僧了。悟空護送師父上求雨台，讓唐僧只管唸經。悟空站在旁邊，用金剛棒向天上的神仙發出信號。霎時間，風起雲湧、**電閃雷鳴**，一下子就求來了雨。這輪比賽，虎

力大仙輸了。

虎力大仙不服氣，還要比高台靜坐。虎力大仙和唐僧各坐高台上，一動不動地唸着經。台下的鹿力大仙見狀，暗中變出一隻臭蟲去咬唐僧，唐僧癢得縮頭聳衣。悟空發現後，立刻幫師父除掉臭蟲，自己則變成一條大蜈蚣，在虎力大仙的鼻子上咬了一口。虎力大仙大叫着摔下了台。這輪虎力大仙又輸了。

鹿力大仙要和唐僧比隔板猜物。國王便叫人抬來一個櫃子，請王后放寶物進去，讓他們各自猜。一連三次，悟空都變作飛蟲鑽進櫃子，把山河社稷襖變成爛衣服，桃子啃成桃核，道童變和尚，然後把答案告訴唐僧，贏了鹿力大仙。

三個大仙**不服氣**，要和悟空比砍

頭、剖腹、滾油鍋。悟空連聲說好。

劊子手上場，舉起大刀把悟空的頭砍下來，一腳踢出三四十步遠。悟空喊了聲「長」，脖子上「嗖」一聲又長出一顆頭來。

輪到虎力大仙了。悟空見虎力大仙的頭被砍下來，忙拔根毫毛變成一條大黃狗，把那頭咬住。虎力大仙立刻死去，現出了本相。原來是一隻黃毛虎。

鹿力大仙非常惱怒，要和悟空比剖腹剜心。劊子手用刀在悟空的肚皮上一劃，便骨碌碌地滾出許多顆心來。悟空叫聲「長」，肚子

又長好了，就像從沒被剖開過一樣。

鹿力大仙也不猶疑，剖開肚子，拿出肚腸。悟空立刻拔下一根毫毛，變出一隻老鷹，把鹿力大仙的肝腸心肺全叼走了。死了的鹿力大仙變成一隻白毛鹿。

羊力大仙衝上來，要和悟空比滾油鍋，為師兄們報仇。悟空跳進油鍋，像玩水一樣**毫髮無損**。隨後，羊力大仙也跳下油鍋，還悄悄把冷龍放進鍋裏，護住鍋底，使到油不變熱。悟空識破他的詭計，收了冷龍，燙死了羊力大仙，讓他現出原形。原來是一隻羚羊。

悟空除了三妖，國王十分感激，立刻給他們倒換了關文，送他們繼續西行。

第十八回
通天河師徒遇險

　　一天晚上，唐僧師徒來到了通天河邊。這條河寬八百里，師徒過不了河，就到河邊的陳家莊借宿。

　　吃飯時，陳家莊莊主傷心地說：「通天河裏有個妖怪，每年要吃一對童男童女，才肯保護這地方風調雨順，不然就要降臨災難。今年正好輪到我們陳家出童男童女。可憐我家只有一個兒子，弟弟家也只有一個女兒。」

悟空想了一個救孩子的辦法：他和八戒變成童男童女的模樣，代替陳家的兩個孩子到廟裏上供。

這天，妖怪來到廟裏，想先吃童女，就伸手去捉八戒。八戒跳下來，恢復原樣，舉起釘耙就打。妖怪慌忙逃跑，留下了兩片魚鱗。

妖怪回去後十分**煩惱**，得知唐僧在此，想吃唐僧肉又怕他的徒弟們。一個老魚婆知道了，就替他想了一計：作法把通天河凍上厚冰，當唐僧過河時再收了寒冰，使他墜落水中。

第二天，大雪下了整整一天，通天河果然結了厚厚的冰。唐僧取經心切，看到通天河的冰結得十分厚實，就不顧陳家人的挽留，收拾好行李，打算踏冰過通天河。

妖怪早在冰下等候唐僧，聽到馬蹄聲響，便在河底下「**嘩啦啦**」打破冰面，唐僧、八戒和沙僧都落入了水中，悟空身手快，跳到了空中。

妖怪把唐僧捉回水府。八戒和沙僧熟悉水性，從水裏**撈起**行李和白馬上了岸。悟空說：「你們去水裏引那妖怪上岸，我在岸上等候。」

八戒和沙僧來到水底妖怪的洞府前，厲聲高喊：「妖怪，放我師父出來！」

妖怪一聽，衝出來舉起銅錘就打，八戒急忙用釘耙架住，沙僧上前助陣。三個人在水底打了很久都不分勝負。八戒對沙僧使個**眼色**，兩人裝敗，拖起兵器就走，那妖怪緊追不放。

悟空在岸上看到妖怪上來，揮棒就打。妖
怪招架不住，鑽進水裏去了。

　　八戒和沙僧再下水去叫戰時，那妖怪怎樣
都不肯出來，兩人只好回到岸上。

　　悟空說：「我去觀音菩薩那裏查查這妖怪
的來歷，然後再想辦法對付他。」

　　悟空來到南海請觀音菩薩幫忙。觀音菩薩
提着一個竹籃，說：「悟空，我這就去救你師
父。」

　　觀音菩薩來到通天河，把竹籃拋入河裏，
唸了兩遍咒語，再把竹籃往上一提，只見竹籃
裏裝着一條亮閃閃的大紅鯉魚。

　　觀音菩薩說：「他原是我蓮花池裏養的一
條紅鯉魚，如今成了精。今天早晨我到池邊看
花，不見他出來。屈指一算，知他正在通天河
裏害你師父，特意編了個籃子來捉他回去。」

　　等觀音菩薩走後，師兄弟三人救出了師
父，回到陳家莊。

第二天，一隻在河中修行的大烏龜送唐僧師徒過河。烏龜請唐僧幫他問如來佛祖他何時才能修成人身，唐僧答應了。

師徒四人安全過河後，繼續西行。

第十九回
太上老君收青牛

　　一天中午，唐僧師徒來到一座高山前，唐僧說：「悟空，你去化些齋飯來吧！」

　　悟空怕有妖怪來害師父，就用金剛棒在地上畫了一個圓圈，讓他們坐在裏面，說：「我畫的這個圓圈，無論是虎豹狼蟲，還是妖魔鬼怪，都進不去。你們千萬不要走出圈子。」

　　悟空去了好久都沒有回來，唐僧三人坐在圈裏又冷又餓，忍不住走出圈子，來到一座大

宅前。

　　八戒在一間屋子裏發現了三件背心，他和沙僧一人一件穿上了身。哪知剛穿好，就一下跌倒在地。原來這背心突然變得像繩子一樣，把他們兩個抓得結結實實。

　　唐僧慌忙來解，但根本解不開，三人連聲叫苦，驚動了屋子裏的妖怪。原來，這座大宅是妖怪變化出來，用以誘人上鈎的。

　　妖怪出來一看，見捆住了幾個人，當即喚來一羣小妖，收回大宅，把唐僧綁上，連同沙僧、八戒一起抓進了妖洞中。

妖怪得知抓到的是唐僧，高興地説：「我
聽説吃了唐僧肉，就能長生不老，真是太好
了！」

　　再説悟空好不容易化來齋飯，卻不見師父
和師弟們，大吃一驚。土地、山神告訴他：「唐
僧被這山裏的青牛怪捉走了。那妖怪神通廣
大，你要多加小心啊！」

　　悟空趕到洞前對着青牛怪大喊：「妖怪，
快還我師父！」青牛怪出來迎戰，悟空舉起金
剛棒，劈頭便向青牛怪打去。青牛怪急忙挺起
鋼槍相迎，兩人鬥了
三十個回合。

青牛怪見悟空本領高強，不禁**稱讚**道：「不愧是當年大鬧天宮的齊天大聖，果然厲害！」說完，又與悟空大戰了二十幾個回合。青牛怪見打不過悟空，就從袖子中取出一個亮閃閃的鋼圈，朝空中拋去，只聽「呼啦」一聲，便把悟空的金剛棒套走了。

　　悟空丟了兵器，立刻駕雲去找玉皇大帝幫忙。玉皇大帝派托塔李天王、哪吒三太子率天兵天將隨悟空去擒拿妖怪。

　　哪吒率先出戰。他變出**三頭六臂**，手持六般兵器：砍妖劍、斬妖刀、縛妖索、降魔杵、繡球、火輪兒，像冰電似的向妖怪拋去。妖怪**毫無懼色**，取出亮閃閃的圈子，把六般兵器全數套去。

　　悟空又請火德星君和水德星君分別用火和水來對付妖怪，可都沒成功。最後，悟空只好去西天請如來佛祖幫忙。

　　如來佛祖派十八羅漢帶着十八粒金丹砂前

去捉拿青牛怪，但是那鋼圈實在**厲害**，連金丹砂也被收去了。

正在這時，忽然從高空傳來一聲大喝：「牛兒還不趕快回家！」原來，青牛怪是太上老君的坐騎，偷了太上老君的金鋼鐲子，跑下人間作亂。

青牛怪一見太上老君，嚇得現回原形。太上老君跨上青牛背，駕着雲彩回兜率宮去了。

悟空和眾神仙打進洞內，拿回兵器，救出了唐僧師徒。

第二十回
女兒國師徒懷孕

經歷了青牛怪一劫後，唐僧師徒過了高山，一路西去，來到女兒國的地界。四人坐上一名老婦人的小船過河。

唐僧看見河水**清澈明亮**，正覺得口渴，舀起河水就「咕嚕咕嚕」地喝了一大碗。

八戒正好也口渴，舀起河水也喝了一大碗。過了河，師徒四人繼續趕路。

走了不到半個時辰，唐僧和八戒都喊起來：

「痛，很痛！」他們看起來痛苦萬分，肚子還漸漸大起來，用手一摸，好像有團東西不停地在肚子裏亂動。

村口一位老婆婆看見了，哈哈大笑說：「我們這裏是西梁女兒國，全國都是女人，沒有男人。我們這裏的人想生孩子時，就會喝子母河裏的水，喝了之後，就會覺得腹痛有胎，不久就會生下孩子。瞧你們的樣子，一定是喝了那水。」

唐僧嚇得臉色都變了，八戒扭腰撒胯地哼道：「我們都是男人，怎能生孩子？」

唐僧忙問：「老婆婆，哪兒有墮胎的藥賣？」

老婆婆擺了擺手，說：「就是有藥也不管用。只有喝了解陽山落胎泉的泉水，才能解胎氣。可是前些年，洞裏來了個如意真仙，霸佔了落胎泉，要喝泉水就需**送大禮**。」

悟空聽了，一個筋斗來到了解陽山。如意真仙知道他是悟空後，不僅不讓他取水，兩人還打起來。原來，如意真仙是紅孩兒的叔叔，正要找悟空報仇呢！

兩人大戰了十幾個回合，那真仙不敵悟空，就逃進屋裏，關着門不肯出來。

悟空來到落胎泉邊，正想用吊桶打水，
如意真仙就跑出來用如意鈎來勾他。
悟空只好放下水桶，舞棒迎戰如
意真仙。悟空又去打水，那如
意真仙又來勾他，兩個人
僵持不下。

悟空心想：不如回去
請個幫手。他一個筋斗回
來，見八戒在那裏哼哼
痛叫，便笑着說：「八
戒看來要生孩子了，
沙師弟，快和我一
起去取水救他。」

兩人到了解
陽山，如意真仙

又來阻攔，悟空和他打鬥，沙僧趁機提吊桶打了滿滿一桶水，駕起雲霧，向悟空喊道：「水已取到，我先回去了！」

悟空見沙僧得手，就對那如意真仙說：「我本想把你趕盡殺絕，但看在牛魔王面上，饒你一命。」說完，駕着雲去追沙僧。

唐僧和八戒喝了泉水後，肚子慢慢變小了，也不痛了。

師徒四人倒換好關文，就離開女兒國，繼續西行。

第二十一回
琵琶洞遇蠍子精

這天，一個女妖颳起一陣大風，把唐僧捲走了。悟空、八戒和沙僧急忙**騰雲駕霧**，追趕妖風，一直追到一座高山下，只見一塊石屏後面有兩扇門，上面寫着「毒敵山琵琶洞」六個大字。

八戒舉起釘耙就要砸門，悟空攔住他，說：「老孫先進去探探虛實。」說完，變成一隻蜜蜂飛進洞裏。

此時，一個女妖正在逼唐僧和她成親呢！

悟空現出原形，拿出金剛棒，朝女妖打去。女妖一見，立刻噴出一道煙霧把唐僧遮住，然後揮舞鋼叉和悟空一路打出洞外。

八戒見了，雙手舉耙，趕上前叫道：「師兄靠後，讓老豬來**收拾**這個女妖！」女妖揮舞着一柄三股叉，迎戰八戒。

三人戰了多時，不分勝負。不料，女妖一縱身，身後露出一個蠍尾鈎子，使出個倒馬毒樁（粵音莊），扎中了悟空的頭皮。悟空痛得**眼冒金星**，騰雲離去。八戒見勢不妙，倒拖釘耙，也逃跑了。妖怪得勝，收叉回洞。

八戒和悟空回來找沙僧。三人正為救師父

之事發愁時，觀音菩薩現身了，告訴他們可以請天上的昴日星官（昴，粵音牡）幫忙。悟空不敢耽擱，立即駕起筋斗雲去請昴日星官。

昴日星官隨悟空來到毒敵山前。有星官助陣，悟空和八戒變得精神抖擻，一頓棒耙把洞門打了個**稀巴爛**。女妖氣得跳出來，掄起叉對着八戒就刺，八戒忙拿釘耙擋住。悟空舞動金剛棒，朝女妖狠狠打去。

女妖急得縱身一躍，又要下毒手。悟空、八戒見了，回頭就跑。女妖見他們逃得急，以為是怕她，便在後邊**緊追不放**，一直追到昴日星官那兒。

昴日星官在山上現出本相，原來是一隻雙冠大公雞，足有六七尺高。

他昂着頭，對着女妖叫了一聲，那女妖立即現出本相，原來是一隻琵琶大小的蠍子精。

昴日星官又叫一聲，那蠍子精便渾身癱軟，掙扎後便不動了，死在山上。

悟空、八戒和沙僧謝過昴日星官，急忙進洞去找師父。看見師父**安然無恙**，大家這才放心。然後，他們一把火把妖洞燒得乾乾淨淨。

第二天，師徒四人又踏上取經的征途。

第二十二回
難辨真假美猴王

　　一天，師徒四人在路上遇到一夥強盜，悟空一氣之下，揮棒把他們都打死了。

　　唐僧跳下馬，連聲罵道：「你這潑猴，罪過，罪過！」說着，坐在地上唸起了緊箍咒。他一連唸了十幾遍，悟空痛得在地上打滾。唸完緊箍咒，唐僧又要趕悟空走。悟空忍着痛，磕頭**求饒**。

　　唐僧罵道：「你這潑猴，生性兇殘，你走

吧！」見悟空不走，便又唸起了緊箍咒。

悟空頭痛得眼冒金星，知道再求師父也沒用，受了滿肚子委屈，只好駕起筋斗雲，到南海找觀音菩薩訴苦去。

悟空走後，唐僧帶着沙僧和八戒又趕了四五十里路，感到**飢渴難忍**，就讓八戒去找水，順便化些齋飯回來。

八戒拿起鉢，駕雲走了。等了好半天，還不見八戒回來，沙僧心裏着急，説：「師父，你在這兒等着，我去舀些泉水來給你解渴。」

唐僧坐在路邊**閉目養神**，忽聽得「嘩啦」一聲響，睜眼看時，只見悟空跪在路旁，捧着一碗水，説：「師父，你喝。」唐僧不僅不喝，還罵了悟空幾句。悟空氣得怒喝一聲，把唐僧打昏在地，搶了行李，縱起筋斗雲逃得無影無蹤。

　　沙僧兜着水
回來，看見師父暈過去了，連
忙救醒他。聽師父說是悟空把他打暈，沙僧十
分生氣，立刻去花果山找悟空算賬。

　　沙僧來到花果山，指着悟空大罵。悟空卻
毫無悔意，還令猴孫們拿下沙僧。沙僧舉杖迎
戰，但他哪裏是悟空的對手，很快就敗下陣來。
沙僧沒有辦法，只好去請觀音菩薩幫忙。

　　到了南海，沙僧正想告狀，卻見悟空站在
觀音菩薩旁邊，他氣得舉起寶杖就朝他劈頭打

去。觀音菩薩急忙阻止沙僧：「悟淨，不要動手，有話好好說。」

沙僧把事情的經過講了一遍。觀音菩薩說：「悟淨，你**誤會**了！悟空這幾天一直在這裏，哪能做出你說的事？」然後讓悟空和沙僧一同前往花果山看個究竟。

兩人到了花果山，果然看見高台上有另一個悟空正在飲酒作樂。這個悟空長得和真悟空一模一樣。

真悟空**火冒三丈**，罵道：「哪兒來的妖怪？竟敢冒充本大王！」

假悟空看見真猴王來了，臉色一變，卻不答話，拿起鐵棒就打。兩人你來我往，真假難辨。

兩個悟空一路打到了南海。觀音菩薩也辨不出真假，就暗暗唸起了緊箍咒，誰知兩個悟空一起抱住頭，連聲喊痛。

觀音菩薩**無奈**，就說：「你當年大鬧天宮，神將們都認得你，你們上天宮去分辨吧。」

兩個猴王拉拉扯扯，來到靈霄寶殿。玉皇大帝命托塔李天王用照妖鏡來分辨，結果兩人一絲不差。

他們又一路打到如來佛祖面前。如來佛祖用**慧眼**一看，就知道那個假悟空是六耳獼猴變的。

那妖怪聽如來佛祖說出了自己的本相，非常害怕，變作一隻蜜蜂想逃跑，卻被如來佛祖拋出的金鉢困住了。悟空忍不住怒氣，劈頭將他打死了。

如來佛祖聽說唐僧趕走了悟空，就囑咐觀音菩薩送悟空回去。

　　觀音菩薩領着悟空來到唐僧面前，把整件事向唐僧說了一遍。

　　觀音向唐僧解釋：「之前打你的，是假悟空六耳獼猴，他已經被悟空打死，你不要再責怪悟空了。」

　　唐僧知道錯怪了悟空。

　　拜謝觀音菩薩後，師徒繼續**同心協力**，一路向西而去。

第二十三回
悟空三借芭蕉扇

轉眼到了深秋時節。師徒四人正在趕路，感覺越走越熱，唐僧不由得問：「現在正是秋天，為什麼還這麼熱啊？」

悟空前去打聽，一位老人告訴他：「前面有一座火焰山，是去西天的必經之路。那裏四季炎熱，四周**寸草不生**。」悟空大吃一驚，問：「要怎樣才能翻過山呢？」老人說：「這也不難。火焰山西南方有個芭蕉洞，洞中住着鐵扇

公主。你要準備厚禮去求她，借她的芭蕉扇一用，一搧熄火，二搧生風，三搧下雨，這樣就可以過山了。」

悟空來到了芭蕉洞借扇。可這鐵扇公主正是牛魔王的妻子，紅孩兒的母親。她對悟空**恨之入骨**，哪裏肯借芭蕉扇給他？她揮起青鋒寶劍砍向悟空，還用芭蕉扇把悟空搧到了幾萬里外的小須彌山上。山上的靈吉菩薩送給悟空一顆定風丹，這樣，悟空就不怕芭蕉扇了。

悟空又來到芭蕉洞。鐵扇公主取出芭蕉扇，對着悟空用力一搧。悟空吃了定風丹，站在原地**紋絲不動**。鐵扇公主慌了神，急忙收

起芭蕉扇，逃回洞裏緊閉洞門，再也不肯出來。悟空只好變成小蟲子從門縫裏鑽進去。

鐵扇公主氣得口渴，叫侍女泡茶來。悟空躲在茶末裏，趁鐵扇公主喝茶時，鑽進她的肚子裏亂踢亂蹬。鐵扇公主痛得滿地打滾，趕緊說：「我借，我借。你快出來拿吧！」悟空這才從她嘴裏飛出來。

悟空趕回火焰山，舉起芭蕉扇用力一搧，那火不但沒熄滅，反倒更旺了。他知道上當了。

眼看強奪不成，只能**智取**了。於是，悟空偷了牛魔王的坐騎金睛獸，變成

牛魔王的模樣，
再去找鐵扇公主
要扇子。

　　悟空騙鐵扇
公主，讓她把芭
蕉扇交給自己保
管。鐵扇公主從口裏吐出芭蕉扇，只有葉子般
大小。悟空得到了真芭蕉扇，便現回原形，**拔
腿**就跑。鐵扇公主氣得大罵。

　　牛魔王發現自己的金睛獸不見了，料想是
悟空偷去，急忙趕到鐵扇公主那裏。

　　　　　聽説芭蕉扇已經被悟空騙
　　　　走了，牛魔王急忙騰雲駕霧追
　　　　出去，不久就發現了扛着大
　　　　芭蕉扇的悟空。原來悟空

只知道如何把芭蕉扇變大，卻不知道讓芭蕉扇變小的口訣。

牛魔王**突生一計**，變成八戒的模樣，抄小路迎上悟空，說要來幫忙。悟空一時大意，就把芭蕉扇遞了過去。

牛魔王接過芭蕉扇，唸動咒語，把它變回葉子般大小，藏了起來。

悟空這才發現上當，便和牛魔王打起來，

　　兩人打得天昏地暗。不一會兒，八戒
也趕來了，和悟空一起對付牛魔王。

　　牛魔王現出原形，變成一頭大白牛，足有
萬丈多高。悟空高喊一聲「長」，長得也有萬
丈高。

　　這時，天兵天將也趕來幫忙。哪吒甩出
風火輪套住牛魔王的角，用三昧真火把他燒得

搖頭擺尾。牛魔王抵擋不住，只好乖乖交出芭蕉扇。

悟空手拿芭蕉扇，使勁搧了幾下，火真的滅了。他又連續搧了**七七四十九**下，斷了火焰山的火根，還讓天下起雨來。

終於，師徒四人可以放心地過山，繼續西行了。

第二十四回
唐僧掃塔辨奇冤

過了火焰山，唐僧師徒來到祭賽國。正走着，忽然看到街上有十幾個和尚戴着枷鎖，沿街**乞討**。

悟空上前問：「你們幾位和尚，為什麼會戴着枷鎖？」

和尚們回答：「我們是金光寺中**蒙冤**的和尚。這裏説話不方便，還是回寺裏説吧。」

唐僧師徒跟着和尚們來到金光寺。一個和

尚告訴他們：「金光寺裏原本藏有佛寶舍利子，每到夜晚，寶塔就會放出金光。鄰國看見了，以為這裏是天府神京，年年朝貢，前來頂禮膜拜。

可三年前的一天夜裏，下了一場血雨，佛寶舍利子突然不見了，寶塔變得暗淡無光，鄰國也因此不再來朝貢。國王和大臣們都認定是我們寺裏的和尚偷了寶物，便拿我們問罪。」

唐僧聽了，心裏很難過，就和悟空前往寶塔。師徒二人點燃琉璃燈，開始自下而上，一層一層地掃塔。

　　夜深了，悟空忽然聽見塔頂有說話聲，心想：奇怪了，怎麼塔頂上會有人說話？肯定是妖怪。我上去看看。

　　悟空來到寶塔第十三層，果然看見那兒坐着兩個妖怪，正在猜拳喝酒。他把妖怪抓住，帶到唐僧面前：「師父，偷寶物的賊妖被老孫抓住了！」

　　原來，這兩個妖怪是亂石山碧波潭萬聖龍王派來巡塔的。那萬聖龍王有個女婿叫九頭駙馬，他**神通廣大**，三年前與萬聖龍王一起到

金光寺施法下了一場血雨，偷去了塔中的佛寶舍利子。

第二天，唐僧與悟空帶着兩個妖怪上朝拜見國王，說出了事情的真相。國王傳旨除去金光寺眾僧的枷鎖，並請悟空幫忙降妖奪寶。

悟空和八戒駕着雲，來到碧波潭。悟空把兩個妖怪扔進水裏，喝道：「快去告訴萬聖龍王，我齊天大聖在此，讓他立即把祭賽國金光寺塔上的寶物交出來！」

萬聖龍王一聽是悟空來了，嚇得半天說不出話來。九頭駙馬卻說：「一個孫悟空，怕什麼！」說完，手拿月牙鏟，來到潭面上與悟空打起來。

八戒見了，便拖着釘耙，上前助戰。那妖怪抵受不住**前後夾攻**，便打了個滾，現出本相——一條醜陋的九頭蟲。他張開翅膀，「嗖」一聲打斜疾飛過來，一口叼起八戒鑽回碧波潭去。

悟空趕緊變成一隻大螃蟹，追到水底宮殿。他見八戒被捆綁在廊下，就用蟹鉗鉗斷繩索，讓八戒脫身。

八戒掄起釘耙再去和妖怪廝打，悟空回到岸上，等八戒把妖怪引出來。妖怪果然上當，很快就衝出水面。

就在這時，二郎神正巧從這裏路過，悟空請他幫忙降伏妖怪。

九頭蟲見勢不好，展開雙翅，**騰上高空**。

二郎神取出金弓，拉滿弓，往上就射。

　　九頭蟲側身一躲，隨即伸出一顆頭，張開大口要咬二郎神。二郎神身邊的**哮天犬**「汪」的一聲躍上去，一口把那妖怪的頭咬下來。

　　妖怪受了重傷，已經沒有威脅，悟空見他逃走，也不追趕，放他一馬。

　　悟空回到龍宮找到佛寶舍利子。他把舍利子安放回寶塔上，寶塔重新放出萬道金光。

　　國王非常開心，率全城百姓**敲鑼打鼓**地把唐僧師徒送出城外。

第二十五回
彌勒佛降黃眉怪

這一天，唐僧師徒來到一座樓台殿閣前，門前的匾額上寫着「小雷音寺」四個字。唐僧以為裏面供着佛祖，執意要進去。悟空覺得裏面隱約有一股妖氣，但攔不住唐僧。

進了小雷音寺，只見

煙霧繚繞，四大菩薩、八大金剛、五百羅漢排列兩側。唐僧、八戒和沙僧一步一拜，直拜到寶蓮台前。悟空卻站着不拜，在一旁冷笑着**觀察動靜**。

只聽蓮台座上一聲高喊：「孫悟空，你見了如來佛祖，為什麼不拜？」悟空火眼金睛，發現這佛祖是假的，舉棒上前就要打。

這時，半空中突然掉下一副金鐃，把悟空連頭帶腳罩在裏面。八戒、沙僧因為**措手不及**，也都被妖怪們拿下，和唐僧一起被綁了起來。

那如來佛祖此時現了本相，原來是黃眉怪。他命羣妖把唐僧、八戒和沙僧抬到後邊，

又把裝着悟空的金鏡擱在寶台上，限三晝夜內將悟空化為膿水。眾妖收拾妥當之後，就各自睡覺去了。

悟空在黑乎乎的金鏡裏，想盡了各種辦法，卻怎麼也逃不出去。他只好唸咒請各路天神來幫忙。眾神仙圍在金鏡旁，敲的敲，砸的砸，都絲毫不起作用。

後來，有個叫亢金龍的獨角仙用角從金鏡的合縫處鑽進去，悟空便變小附在角上鑽了出來。

悟空看着金鏡，恨得咬牙切齒，舉起金剛棒，「哐噹」一聲，把金鏡打成千百塊碎片。

老妖王在睡夢裏聽到響聲，慌忙爬起來，聚集眾小妖，和悟空他們打起來。雙方打着打着，老妖王伸手從腰間取出一個白色口袋，扔向空中。只聽「嘩」的一聲，悟空和天神們都被裝進口袋裏。

半夜，悟空等妖怪都熟睡了，從口袋裏逃

了出來。正發愁時，彌勒佛來了，他說：「這妖怪原是我的一個黃眉童子，讓我來治他。」說完，在山坡下變出一片西瓜地，自己則變成一個瓜農，讓悟空把妖怪引到西瓜地。

悟空在山門外向黃眉怪叫戰，與他邊打邊退，來到了西瓜地旁，悟空忽然不見了。

妖怪此時正渴得厲害，見前面不遠處有一片西瓜地，就走過去。彌勒佛變成的瓜農摘下一個西瓜遞給黃眉怪。

黃眉怪接過西瓜，張嘴就咬，沒想到西瓜「咕嚕」一聲，一下子滾進他的肚子。原來，那西瓜是悟空

　　變的，此時他正在黃眉怪的肚子
裏亂打亂踢呢。妖怪痛得滿地打滾，淚眼
汪汪地叫喚：「救命啊！救命啊！」

　　彌勒佛現出原形，黃眉怪慌忙求饒。悟空
又在妖怪肚中**折騰**了好一陣子，才停手飛了出
來。

　　彌勒佛領着黃眉童子駕雲回去。悟空救出
了師父和神仙等人。

　　師徒四人在寺內休息了一夜，第二天又踏
上取經的征途。

第二十六回
朱紫國大聖行醫

　　這天，唐僧四人來到朱紫國，看見很多人圍在皇榜前。原來，朱紫國國王三年前得了病，一直治不好，因此貼榜尋求天下名醫。悟空揭下皇榜，跟着士兵去見國王。

　　國王見悟空**模樣古怪**，嚇得跌坐在龍牀上，不敢看病。悟空讓宮女把三根金絲線繫在國王的手腕上，自己則在另一間屋裏替國王把脈。

把完脈，悟空説：「陛下，你是因為受了驚嚇，傷心發愁才得了這病。」國王一聽，連連説對。

悟空讓太醫找來天下八百八十種藥材，每種三斤，一併送到師徒四人住的地方，好等悟空在這兒製藥。

八戒笑着説：「師兄，你不是要在這裏開藥舖吧？」

「嘿嘿，我這是要讓那些太醫猜不透，不讓他們知道我要用哪幾種藥。」悟空説着，選出巴豆、大黄兩種藥，摻上鍋底灰拌在一起，還讓八戒接來白龍馬的尿，捏成三顆大藥丸，取名「烏金丹」。

　　第二天，國王吃下三顆烏金丹，
不久就**上吐下瀉**，吐出了一塊黏飯團，原來
那是三年前吃糉子時噎在肚子裏的。吐完後，
國王頓時感覺身體好多了。

　　國王十分感激悟空，說：「多虧你的靈藥，
治好了我這三年的憂慮之病。」

　　悟空問道：「不知道陛下為什麼憂慮呢？」
國王這才告訴悟空：「三年前，我和金聖宮娘
娘在花園裏吃糉子，突然來了一個妖怪，把娘
娘抓走了。我受了驚嚇，吃下的糉子便滯留在
體內，加上日夜**憂愁**，就病倒了。」

　　悟空聽了，說：「我去幫你把娘娘找回
來。」

悟空按照
國王指引的
方向找到妖怪，
要他交出金聖宮
娘娘。妖怪自然
不肯，兩人就打起來。
那妖怪打不過悟空，只好一溜煙逃走了。

　　悟空追到一個洞口前。那妖怪拿出三個金
鈴，朝着悟空放煙噴火，十分厲害。悟空只
好避開煙火，變成一個小妖混進洞中，並
找到金聖宮娘娘。金聖宮娘娘得知悟空
是來救她的，就把妖怪的金鈴騙
到手，交給了悟空。

悟空來到洞外，把堵在金鈴上的棉花扯下來。不料那金鈴煙火齊噴，嚇得悟空**丟下**就跑。妖怪聽到聲響，出去撿回了金鈴。妖怪這回把金鈴掛在腰上，不放心把它交給娘娘了。

　　悟空又偷偷走進洞內，變出蝨子和跳蚤，咬得妖怪渾身發癢。妖怪只好解下金鈴，脫掉衣服捉蝨子。悟空趁機偷走金鈴，還變了個假金鈴放在原處。

　　接着，悟空來到洞外叫戰，妖怪拿着假金鈴出來應戰。悟空取出金鈴對着妖怪噴火，燒得妖怪「**嗷嗷**」直叫。

悟空正想一棒打死他，觀音菩薩卻來了，說：「這是我的坐騎金毛猻，不要傷他性命。」說着，讓妖怪現出原形，騎着走了。

　　悟空救出金聖宮娘娘，把她送回朱紫國。國王對唐僧師徒四人**感激不盡**，親自護送他們出城。

第二十七回
黃花觀遇蜈蚣怪

　　這一天，唐僧師徒來到一片樹林。見林子裏有一所幽靜整潔的院子，唐僧決定親自去化齋。

　　唐僧來到院門外，看到有七個年輕女子正在院裏嬉鬧，**猶豫**了一下，還是硬着頭皮走了進去。

　　院中的七個女子熱情地把唐僧請進屋，還端上一桌用人肉做成的飯菜。

　　唐僧嚇壞了，想要離開，可那七
個女子怎會肯讓他走呢？她們把唐僧
按倒，用繩捆起來，吊在房樑上。然後，她們
一個個露出肚腹，從肚臍眼中吐出**銀絲**，把整
個屋院都裹起來。

　　悟空看到院子裏一片光亮，忙跳起來叫道：
「不好，師父遇到妖怪了！」

　　他一縱身來到絲繩前，只見這些絲繩織了
足有上百層，亮閃閃的，用手按一按，還黏糊
糊的。

悟空叫來土地神，打聽到這裏是盤絲洞，洞中住着七個蜘蛛精。現在，她們正在附近的一處温泉洗澡呢。

於是，悟空變成一隻老鷹，把妖精們的衣服都叼走了。

八戒知道後，一路疾跑，本想去温泉佔些便宜，不過最後被蜘蛛精用銀絲纏住。

蜘蛛精擔心鬥不過悟空，就丟下唐僧，去黃花觀投奔師兄了。

八戒掙脫銀絲後，找到悟空和沙僧。三人來到盤絲洞救出師父，一把火燒了盤絲洞，繼續西行。

他們沒走多久，就來到黃花觀。一個道士把他們迎進了屋。

這個道士就是蜘蛛精們的師兄，他早就和她們約好了要吃唐僧肉。唐僧師徒一來，道士便熱情款待他們，給他們端來熱騰騰的茶水。他故意把放了紅棗的茶杯依次遞給唐僧、悟空、八戒和沙僧，自己則留下了那杯內有黑棗的茶。

悟空眼尖，看到道士的茶不一樣，猜想其中必定有詐，就沒有喝茶。唐僧、八戒和沙僧都喝了茶，不一會兒就昏倒在地。

悟空一看，便揮動着金剛棒朝道士的頭打去。

道士轉身取來一把寶劍迎戰悟
空，七個蜘蛛精也在一旁吐絲，想纏住
悟空。悟空拔下毫毛，變出七十個小悟空，把
她們全部打死。

　　道士很生氣，脫去衣服，露出兩肋下的
一千隻眼睛。這些眼睛一齊放出金光，照得悟
空**睜不開眼**。悟空在金光影裏亂轉，最後變
成穿山甲鑽進地下才得以逃脫。

　　悟空請來昴日星官的母親毗藍婆幫忙降
妖。

毗藍婆有一枚用太陽光煉成的繡花針。她把針對着金光拋去，金光一下子消失了，那道士也癱軟在地，現出原形，原來是一條七尺長的大蜈蚣。

　　唐僧、八戒和沙僧吃了毗藍婆給的藥丸，慢慢恢復了神志。八戒舉起釘耙上前，想打死蜈蚣精。

　　毗藍婆阻止道：「就留他性命，為我看管門户吧！」說完，帶着蜈蚣精走了。

　　唐僧師徒恢復體力後，便繼續上路。

第二十八回
如來施法降大鵬

　　唐僧師徒離開黃花觀後，走了三四個月，來到一座高山上。太白金星前來相告：「這山叫作八百里獅駝嶺，山裏有個獅駝洞，洞裏住着青獅精、大象精和大鵬金翅雕，這三個妖怪個個神通廣大，本領高強。他們還有一件寶物，叫**陰陽二氣瓶**。要是被裝進瓶中，很快就會化成水。」

　　悟空聽了，讓八戒和沙僧保護好唐僧，自

己則變成小妖來到獅駝洞，打算先探個究竟。不料大鵬金翅雕認出了悟空的真面目，一把將他按倒，裝進了陰陽瓶中。

瓶內一會兒起火，一會兒鑽出毒蛇來，悟空被折磨得非常難受。他拔下一根毫毛，變成金剛鑽，在瓶底鑽出一個孔，然後變成小蟲子鑽了出來，回去叫來八戒一起降妖。

青獅精首先出來迎戰。他往悟空的頭上連砍三刀，卻發現悟空一點兒也沒受傷。於是，他張開嘴一口將悟空吞下去。悟空在青獅精肚中一頓亂打，痛得他直喊饒命。

悟空說：「你只要答應護送我師父翻過這座山，我就饒你性命。」青獅精同意了，悟空這才從他肚裏跳出來。

大象精不服氣，非要和悟空比一比。八戒搶先一步和他打起來。大象精甩開長鼻子，一下子將八戒捲住，帶回洞裏去了。

悟空變成小蟲子進洞救出八戒，他們剛走到洞外就碰上大象精，雙方又打起來。悟空發現了大象精的**死穴**，就把變細的金剛棒使勁往大象精鼻孔裏捅，又伸手揪住他的長鼻子，用力拖着往

前走。大象精怕痛，喊道：「饒了我吧，我們送你們師徒過山。」

白象精回到妖洞，向二妖說明原委，他們便同意護送唐僧師徒過山。可他們哪裏是**真心**的？他們表面上抬着唐僧上路，獻茶端飯，招待周到，暗中卻使計把唐僧、八戒、沙僧抓回了獅駝洞，只有悟空獨自逃脫出來。

悟空想回去救師父，卻聽到唐僧被吃掉的消息。悟空**心如刀絞**，心想：我要去如來佛祖那裏把真經取回來，了卻師父的心願。悟空來到靈山，向如來佛祖說明事情經過。如來佛祖請來文殊菩薩、普賢菩薩一起去收服妖怪。

原來，青獅精和大象精分別是文殊菩薩、

普賢菩薩的坐騎。見主人來了，他們就現出原形。大鵬金翅雕**不服**，伸出利爪去抓悟空。如來佛祖閃動頭上的金光，用手一指，大鵬金翅雕就被金光**罩住**，逃脫不了。悟空向如來佛祖磕頭：「佛祖雖收了妖怪，可是我的師父卻沒了。」

大鵬金翅雕說：「我沒有吃那老和尚，他被關在鐵櫃子裏。」

如來佛祖帶走了大鵬金翅雕，悟空回去救出了師父和師弟。師徒四人沿大路繼續向西而去。

第二十九回
比丘國救嬰捉妖

這天，師徒四人來到了比丘國。他們看到很多人的門口都擺着一個**木籠**，上面用彩緞遮着，裏面傳出小孩的哭聲。唐僧師徒覺得奇怪，就去向一個店家打聽。

店家説：「三年前，有個老道士給國王進獻了一位美人。國王對她寵愛有加，封她為美后，封老道士為國丈。不到一年，國王得了重病。國丈給他配了一種藥，説吃了能長生不老，

但要用一千一百一十一個小孩的心臟做**藥引子**。這些木籠裏裝的就是做藥引子的孩子。」

唐僧聽了，忍不住掉淚，讓悟空設法救救那些可憐的孩子。夜裏，悟空唸動咒語，把城內所有裝着小孩的木籠都搬到城外山林中藏起來。

第二天，唐僧去拜見國王，倒換關文。悟空變成了一隻小蟲子，暗中保護師父，順便**觀察**那國丈。

換了關文，唐僧走到殿外，悟空說：「那國丈果真是妖怪，國王因為沾上了他的妖氣才得病。師父你先回館驛，我再去看個究竟。」

說完，又變回
小蟲子返回宮殿。

這時，一個官員**神色慌張**地來報：「做藥引子的小孩全被風颳走了！」

國丈對國王說：「我看，用那唐僧的心做藥引子更好。」國王聽了，立刻派兵去捉拿唐僧。

悟空連忙趕回館驛，把事情的經過告訴了唐僧，唐僧嚇得半天說不出話來。悟空說：「師父不要怕，我自有辦法。」

悟空在唐僧臉上抹上爛泥，又吹了一口氣，唐僧就變成了悟空。接着，悟空變成唐僧的模樣，跟着士兵去見國王。

國王對變成唐僧的悟空說：「我想要你的心臟做藥引子。」悟空說：「可以。我有好幾顆心臟，不知道你想要什麼顏色的？」

「要一顆黑心！」國丈連忙接口。

　　悟空用刀「嘩」
的一聲把肚子剖開，雙手
捧出一堆心來，一顆顆拿給大家看，說：「就
是沒有黑心。」國王驚呆了，戰戰兢兢地說：
「快收回！快收回！」

　　悟空用手一抹肚子，現了原形，喝
道：「昏君！我們和尚有的
都是紅心，就你的國丈長
了顆黑心。等我取出來
給你看！」說着，舉棒
就打國丈。國丈招架不
住，化作一道寒光，帶
走美后，不知去向。

悟空從國王那裏得知國丈住在柳林坡清華莊，便和八戒一起趕過去降妖。

　　悟空正要打死國丈時，南極老壽星來了。原來，國丈是老壽星的坐騎白鹿。八戒一耙打死那美后，發現她是一隻**玉面狐狸**。

　　妖怪被趕走，國王的病就好了。他得知事情的真相後，決定再也不捉小孩了。滿城百姓連聲叫好。

　　唐僧師徒安心地繼續西行之路。

第三十回
無底洞捉老鼠精

　　唐僧師徒離開比丘國，走了很久，來到一片樹林。遠遠地，他們就聽見林中有人在喊救命。

　　四人走過去，發現有個女子被綁在樹上，她哭着説：「強盜把我**綁**在這裏，求長老救我一命。」悟空忙説：「師父，她是妖怪，萬萬不能救。」

　　唐僧不信悟空的話，解下繩子救了那女

　　子，還打算到山下找戶人家安置她。

　　晚上，他們來到一座寺院借宿。夜裏，悟空發現師父不見，十分着急，懷疑是那女子把師父抓走了。他打聽到附近的陷空山無底洞中有個女妖怪，就帶着兩個師弟一同去尋找。

　　悟空找到無底洞，讓八戒先進洞裏探探路。八戒**膽小**，哪肯先去。悟空變成一隻小蟲子，飛進洞去，發現洞內彎彎曲曲，到處都是

洞窟。悟空飛了很久，忽然發現了一片竹林，林中有間房子，那女妖怪正逼着唐僧和她成親。

悟空飛到唐僧耳朵後面，説：「師父，你給那女妖怪敬酒，我飛到酒裏，趁機溜進她肚子裏。」唐僧照做了，女妖怪接過酒杯，剛要喝，看見有隻小蟲子在酒裏，就用手指把牠挑出去。

悟空見一計不成，又**生一計**，對唐僧

説：「我變成一顆大紅桃，你去摘給她吃。」唐僧又照做了。

女妖怪接過大紅桃，高興得張嘴想咬，那紅桃就骨碌碌地滾進她肚子裏。悟空用金剛棒對着她的心肝一頓狠打，大聲叫她放了唐僧。

女妖怪被打得受不了，只好把唐僧送到洞外。悟空從她口裏飛出來，舉棒就打，女妖怪手拿雙劍抵擋，八戒、沙僧也過來助戰。女妖怪見勢不妙，脫下繡花鞋，把鞋子變成了自己的模樣，和三人繼續打鬥，真身則一把抱住唐僧，又把他擄回洞裏。

　　悟空見上了當，便回到洞中
四下尋找，卻再也不見女妖怪的蹤影。
忽然，一陣香煙撲鼻而來。

　　悟空循着氣味找，來到一個黑黑的小洞
裏，只見裏面放着兩個金字牌位，上面分別寫
着「父親托塔李天王之位」、「哥哥哪吒三太
子之位」，下邊煙霧繚繞，放着許多供品。

　　悟空抱着兩個牌位飛去天宮找托塔李天
王。李天王這才想起曾經收過一隻白毛老鼠精

做女兒。他立刻叫來哪吒，

一起領着天兵天將來到無底洞外。

悟空和哪吒進到洞中，白鼠精一見哪吒，

就跪下磕頭求饒。哪吒命天兵把她捆起來，押

回天宮聽候發落。

悟空找到師父了。師徒四人收拾好行李，

牽着馬，繼續西行。

第三十一回
師徒智闖滅法國

唐僧師徒正在大路上走着，一個老婦人迎面走來，說：「前邊是滅法國，那國王發誓要殺一萬個和尚，現在已經殺了九千九百九十六個了！你們還是別往前走了，趕快回去吧。」

悟空火眼金睛，認得那老婦人是觀音菩薩，忙倒身下拜，說：「菩薩，弟子失迎！」唐僧聽了，急忙下馬，和徒弟們一起下拜。觀音菩薩駕起一朵**祥雲**，飛回南海去了。

悟空找來一些老百姓的衣服和頭巾，讓大家扮成商販進城。晚上，四人來到一家旅店投宿。由於怕被發現，他們便躲在大木箱裏睡覺。不料，一夥強盜以為箱子裏有寶物，抬着箱子出城。當他們正想打開箱子時，官兵趕來了，他們慌忙丟下箱子逃跑，官兵便把箱子抬回官府。

　　等到深夜，悟空在木箱上鑽出一個小洞，自己則變成一隻小蟲子飛出箱子，現出本相。他從左臂拔下一把猴毛，變成許多瞌睡蟲；又從右臂拔下一把猴毛，變成許多小悟空；再把金剛棒晃一晃，變成千百把剃頭刀。

　　悟空唸了個咒語，召來土地公，讓他領着
小悟空們在國王、王后、貴妃、宮女以及所有
大臣、元帥大將的臉上都放隻瞌睡蟲，使他們
熟睡，然後把他們的頭髮剃了個精光。快天亮
時，悟空收回毫毛，鑽進箱子裏繼續睡覺。

　　早上，宮女們起牀洗臉，發現頭髮全沒了，
個個急得**哭天喊地**。不一會兒，王后也醒來

　　了，發現自己沒了頭髮，再看旁邊，被子裏的國王也成了光頭，嚇得大叫一聲。國王睜開眼睛，看到王后成了光頭，又摸摸自己的腦袋，也光禿禿的，嚇得**魂飛魄散**。

　　過了一會兒，國王上朝，只見朝廷上大臣們個個都是光頭！國王認為這是上天的**懲罰**，便立即下令：從此再不許殺和尚。正說着，有

人進來稟報：「昨夜巡城，獲得賊贓一箱一馬。請國王下旨定奪。」

大箱被抬上朝，箱裏的唐僧嚇得魂不附體。悟空伸伸懶腰，笑着説：「師父，別怕，夜裏我都打點好了！」

大箱剛一打開，八戒就忍不住往外一跳，接着悟空扶出唐僧，沙僧搬出行李。八戒大叫一聲，從官兵手中奪過白龍馬，嚇得眾人連連後退。

國王見了，連忙下拜問道：「長老從何而來？」唐僧説：「是東土大唐差往西方天竺國大雷音寺拜活佛取真經的。」然後把師徒四人前一晚的經歷説了一遍。

國王説：「長老是天朝上國的高僧，朕有失遠迎。因為遭到僧人**誹謗**，朕曾許天願，要殺一萬個和尚，沒想到昨晚朕也變成了光頭，如今君臣后妃的頭髮都被剃光。望長老收我為

徒，以得**救贖**。」

八戒聽了呵呵大笑：「既然要拜師，有什麼見面禮？」

國王說：「願將國中財寶獻出。」悟空說：「別說財寶。我們是有道之僧，你只要把關文倒換，送我們出城，保你王位永固。」

國王大喜，大擺筵席，還把滅法國改成了欽法國，然後送唐僧師徒出城西去。

第三十二回
隱霧山除豹子精

　　唐僧師徒一路說說笑笑，向隱霧山走去，老遠就看見山溝裏升起一片濃濃的霧氣。悟空跳上雲端，見山溝裏有個老妖，張着嘴，「咕嘟嘟」地往外吐**濃霧**。一羣小妖站在旁邊，等着捉拿過路人當點心呢！

　　悟空心想：這些傢伙八戒對付就可以，如果打輸了，到時再救他。不過，就怕八戒膽小不肯出頭，我要想個辦法哄哄他。

於是，悟空回來對唐僧說：「師父，前面有個村莊，村莊裏的人正在蒸饅頭和米飯，請和尚吃齋。那霧氣正是從蒸籠裏發出來的。」

八戒一聽有好吃的，就主動要去化齋。一羣小妖看到八戒，便想來捉他，八戒不知就裏，以為羣妖爭相請他吃東西，便說：「不用**拉拉扯扯**的，我逐家逐家吃吧。」

小妖們問：「你要吃什麼？」

「你們這裏請和尚吃齋，我是來吃齋的。」八戒說。

小妖們說：「我們這裏才不請和尚吃齋，我們是專門吃和尚的。」

八戒氣得大罵，拿起釘耙，打退了小妖。小妖們回去報告老妖，老妖出來與八戒廝殺起來。八戒**越戰越勇**，那老妖招架不住，敗陣而逃。

原來，那老妖號稱南山大王，幾百年來一直在隱霧山裏吃人。他看準時機，讓三個小妖變成他的模樣引開悟空、八戒和沙僧，自己則在空中伸出爪子，抓走了唐僧。

悟空發現上當，便和八戒去救師父。他們來到妖洞前，悟空大聲叫罵。南山大王叫小妖把一顆人頭扔出去，說：「唐僧已經被我們吃掉了。」

悟空三人信以為真，**號啕大哭**起來。

悟空哭了一陣，決定要為師父報仇。南山大王自知不是悟空的對手，就領着小妖們用石頭把大門堵死。

悟空心想肯定還有另外的出口，便滿山尋找，終於找到一個湧出水的小洞。他搖身變成小老鼠，「嗖」的一聲鑽進去，然後又變成一隻會飛的大螞蟻，飛進妖洞。南山大王此時正盤算着如何吃唐僧！

悟空知道師父沒死，忙飛到後院，找到了唐僧。悟空高興極了，拔下一把毫毛，變成瞌睡蟲，讓妖怪們都入睡，然後把唐僧救出去。

悟空帶着師父回來找八戒和沙僧。此時，

兩人正為師父的死傷心地大哭呢！他們忽然聽見師父的聲音，兩人同樣**喜出望外**。

悟空讓沙僧照顧師父，自己和八戒到洞裏把那睡着的南山大王綁了出來，還放了一把火，燒死了洞裏的小妖。八戒舉起釘耙，一耙把南山大王砸死，原來那妖怪是隻花皮豹子精。

從此，隱霧山附近的老百姓終於可以過上平安的生活了。

師徒四人又一次順利逃過大難，一路朝西而去。

第三十三回
鳳仙郡求雨解旱

離開隱霧山後，師徒四人走了幾天，來到一個城池。原來這是天竺的外郡，叫作鳳仙郡。唐僧見街上的行人一個個都**骨瘦如柴**，覺得奇怪，就讓悟空去打探原因。

悟空打探完，回來說：「這裏一連三年沒有下雨，莊稼顆粒無收成，老百姓都快活不下去了。為此，郡侯還貼出告示：誰能求來一場大雨，送白銀萬兩。」

唐僧聽完，心裏很難過，就問悟空會不會求雨。悟空說：「**呼風喚雨**有什麼難，等老孫叫來龍王，給他們下一場大雨！」說着，他跳到半空，把龍王召來，罵道：「你這條泥鰍！為什麼不給鳳仙郡下雨？」

　　龍王忙說：「大聖，這是玉皇大帝親自下的聖旨，不讓下雨啊！」

　　悟空一個筋斗跳上天庭，找到玉皇大帝，問：「你為什麼不給鳳仙郡下雨？」

玉皇大帝説：「有一次我出遊，看見鳳仙郡郡侯在外面擺了一張桌子，上面供着我的牌位，旁邊擺放着許多供品。不料我剛想去吃，那郡侯就把桌子推倒了。這太氣人了，於是我立下三道關卡，必須全部通過，鳳仙郡才會降雨。」玉皇大帝説完，讓天師領着悟空到後殿觀看那三道關卡。

悟空先看見一座米山，山下有隻像拳頭那麼大的小雞正在啄米吃；後邊有座麵山，有隻很小的金毛哈巴狗正在舔麵吃；旁邊立着一個鐵架子，上邊掛着一把大鎖，粗大的鎖鏈下面

有盞豆粒大的油燈，小小的火苗正
熏着鎖鏈。

　　天師説：「要等到米山被小雞啄盡、麵山
被哈巴狗吃光、鎖鏈被火苗燒斷，才能給鳳仙
郡下雨。」

　　悟空氣得直跺腳，説道：「這要等到什麼
時候？」天師偷偷告訴悟空：「其實，只要郡
侯改過，一心為百姓着想，就能闖過玉皇大帝
設下的三道關卡。」

　　悟空回到鳳仙郡，把玉皇大帝和天師的話
跟大家説了一遍。説完，悟空指着郡侯罵道：

「都怪你**胡鬧**，害苦了老百姓。」

郡侯跪在地上，連連磕頭，說：「三年前祭天時，妻子惡言相向，我一時氣極，推倒了神位。沒想到害了全城的老百姓，是我**錯**了。我現在該如何補救呢？請大聖指點。」

悟空說：「只要真心為善，就可以得到善果。」

郡侯聽了，馬上請道士搭建了道場，上香拜謝，引罪自責。很快，米山、麵山都沒有了，大鎖鏈也斷了。

玉皇大帝這才下令給鳳仙郡降雨。
大雨足足下了一天一夜，把田地都浸透了。

鳳仙郡的百姓非常感激唐僧師徒，於是
籌錢建造了一座「甘霖普濟寺」，以紀念他們
的功德。

唐僧師徒在鳳仙郡住了一段時間，才繼續
上路。

第三十四回
悟空怒戰九頭獅

這一天，唐僧師徒來到了天竺國玉華州。州主玉華王見唐僧**儀表出眾**，又聽說悟空等三人**武藝高強**，便和唐僧商量，叫他們收下自己的三個兒子為徒。

老大跟悟空學棒，老二跟八戒學耙，老三跟沙僧學杖。玉華王還向悟空三人借來兵器，請匠人照原樣打造。

悟空三人的武器都是天地間的奇寶，在夜

間會放出**萬丈光芒**。這天晚上，霞光驚動了一個妖怪，妖怪見寶心動，舞起一陣狂風，把三件寶物都颳走了。

悟空眾人得知兵器丟了，趕緊四處尋找。悟空聽見了兩個小妖的對話，得知是城外豹頭山上的黃獅精把兵器偷了。

悟空帶着八戒和沙僧來到妖洞，奪回各自的兵器，還和黃獅精打起來。大戰了七八個回合，黃獅精抵擋不住，逃出洞外。

於是，師兄弟三人把洞內小妖打死，放火把妖洞燒得乾乾淨淨，然後才回去玉華州。

黃獅精打了**敗仗**後，到竹節山找他的爺爺九靈老怪來幫忙。

第二天天剛亮，九靈老怪讓五個獅子精去對付悟空和沙僧，自己則到王府把唐僧、八戒、玉華王和三個王子都捉回竹節山。

悟空和沙僧打敗獅子精後，忙趕到竹節山救人。九靈老怪聽説他的子孫不是被打死就是被活捉，痛恨不已，舉起開山斧朝悟空劈來。悟空舉棒架住開山斧，兩人在洞外交起手來。沙僧也上前幫忙。

九靈老怪急了，一搖身子，現出原形，張開九張**血盆大口**衝了過來，把悟空和沙僧都叼在口中。等回到洞裏，九靈老怪就用繩子將悟空和沙僧綁在柱子上。

天黑後，悟空趁機逃了出來。竹節山上的土地公前來向悟空**獻計**：「要想捉住九靈老怪，須到東極妙岩宮找他的主人才行。」

悟空聽了，心想：東極妙岩宮？那就是太乙救苦天尊了。他的坐騎是隻九頭獅，想必正是這妖怪。

　　悟空連夜縱起筋斗雲，來到妙岩宮。太乙天尊聽說悟空的來意後，找來看管獅子的童子問道：「我騎的獅子呢？」童子**睡眼惺忪**，這下倒驚醒了，跪在地上說：「我前天偷喝了太上老君送你的『輪回瓊液酒』睡着了。他一定是趁我睡覺時跑了。」太乙天尊無奈，只好隨悟空一同去降妖。

　　到了竹節山，悟空用金剛棒打破洞門，大聲叫罵，把妖怪引出洞來。九靈老怪見到天尊

後，嚇得立刻趴在地上，現出原形。天尊騎上九頭獅，駕起雲霧，回妙岩宮去了。

悟空進入洞裏，救出唐僧等人，一起回到了玉華州。唐僧師徒在玉華王府住了七八天。這期間，悟空、八戒和沙僧分別向三位小王子**傳授武藝**。

不久，唐僧師徒繼續趕路，直往西方求取真經。

第三十五回
四星助拿犀牛怪

　　一天，師徒四人經過慈雲寺，在寺內借住了兩日。剛好到了元宵節，寺裏的和尚請他們一起去城內賞燈。

　　在眾多彩燈中，有三盞燈尤為**璀璨奪目**，只見它們如水缸一般大，發出耀眼的金光，裏面還裝着**香氣撲鼻**的燈油。

　　和尚們向唐僧師徒介紹：「這些燈油叫作酥合香油，是專門為三位神仙準備的。每年元

宵節晚上，這三位神仙都會將燈油取走，來年老百姓的莊稼就能獲得好收成了。」悟空聽了，半信半疑。

悟空疑惑之際，傳來一陣**呼呼的**風聲，半空中，有三位神仙駕着彩雲飛下來。

悟空仔細一看，這哪是什麼神仙，分明是三個妖怪！

這時，燈忽然全滅了，悟空轉身想保護師父，卻發現師父已經被妖怪抓走。

悟空三人追到一座大山中，遇見一個趕羊人，便上前打聽。

趕羊人說：「這山叫
青龍山，山中有個玄英洞，
洞裏住着三個妖怪，一個叫辟寒
兒，一個叫辟暑兒，還有一個叫辟塵兒。」

悟空找到玄英洞，在洞口高聲叫道：「妖
怪，快放了我師父！」

妖怪看悟空來勢洶洶，怕打不過，就緊
閉洞府門，不肯出來。

八戒舉起釘耙朝石門一陣亂砸，把門砸了
個稀巴爛。可是他一進到洞裏，就被十多個水
牛精團團圍住，沙僧也被一同捉了進去。

悟空一人難敵眾妖，就一個筋斗來到天宮找救兵。太白金星告訴他，那三個妖怪是犀牛精，可以請四木禽星**降伏**他們。

四木禽星是天上的四位神仙，他們二話不說，就和悟空一起去捉妖怪。

悟空把三個犀牛精引出洞外。犀牛精見四木禽星來了，嚇得現出原形，撒開蹄子亂逃。

四木禽星兵分兩路，兩位去洞中救唐僧、八戒和沙僧；另外兩位與悟空一起去追那三個妖精，一直追到了西海。三個犀牛精跳進了海裏，兩位星君還緊追不放。另外

兩位星君救出唐僧等人後，也趕來一起對付犀牛精。

犀牛精一見他們全都來了，一路逃到西海龍宮。

哪知道，西海龍王早和龍太子帶領成千上萬的**蝦兵蟹將**，擋住他們的去路。犀牛精慌了，在海中撞來撞去，辟塵兒被龍太子和蝦兵一擁而上，撲倒在地。

兩位星君捉住了辟寒兒，一刀砍下他的頭顱。另外兩位星君逮住了辟暑兒，**揪住**他的耳朵交給悟空。

悟空押着犀牛精去見城裏的老百姓，告訴大家他們供奉的神仙其實就是犀牛精。大家十分感激唐僧師徒為民除妖，爭相設宴款待他們。

唐僧取經心切，不願多停留，就領着徒弟們繼續西行。

第三十六回
嫦娥仙子收玉兔

　　這天，唐僧師徒來到了布金禪寺。這裏距離西天大雷音寺已經不遠了。

　　晚上，唐僧、悟空和寺裏的老和尚到花園裏賞月，忽然聽見一個女子傷心的哭聲。

　　老和尚說：「一年前，一陣大風把這女子颳到花園裏，她自稱是天竺國的公主。可我到京城打聽，並沒聽說公主**失蹤**的事。我見她可憐，就安排她在小屋裏住下。她很想念父母，

經常一個人哭泣。你們到了京城，還請幫忙查明真相，幫幫這個女子。」

第二天，唐僧師徒繼續上路。他們來到天竺城時，正好碰上公主拋繡球選駙馬。彩樓上，公主一眼看中了唐僧，把繡球拋到他身上。一羣宮女跑出來，簇擁着唐僧往宮裏走。

公主害怕悟空三人，就讓國王儘快打發他們離開。

於是，國王下令讓悟空三人西去取經，把唐僧留下來做駙馬。

　　悟空見國王面色略為晦暗，但是沒看見公主，不能辨出真假，於是心生一計。等國王倒換好關文，讓他們三人西去取經時，悟空一口答應，轉身就走。

　　唐僧慌了，一把拉住悟空說：「你們真的不管我了？」悟空使了個**眼色**，說：「師父只管在這裏享福，我們取完經後再來看你。」

　　沒走多遠，悟空就讓八戒、沙僧躲起來，自己變成小蜜蜂，飛進王宮。悟空飛到唐僧耳邊，輕聲說：「師父，別發愁，我來了。」唐僧這才放下心來。

在喜筵上，悟空一眼就看出公主是妖怪。他拔出金剛棒，對着那妖怪的腦袋打下去。妖怪見自己被**識破**，取出一根短棍，朝悟空亂打一通。

　　悟空見妖怪使用的短棍一頭粗、一頭細，滿天亂舞，一時找不到**破綻**，就把金剛棒一變十、十變百，變出滿天的金剛棒，困住了妖怪。妖怪慌了，化成一陣清風向天宮逃去，悟空緊追不放。

　　妖怪又化作萬道金光，逃到一座大山前，鑽進山洞，一晃就不見了。悟空由土地神帶路，很快

就找到妖怪，
正想一棒打死
她，嫦娥仙子趕來了。

妖怪在地上滾了一圈，現
出原形，是一隻潔白可愛的小兔
子。原來，這妖怪是月宮的玉兔。嫦娥帶着玉
兔飛回月宮了。後來，悟空將真公主接回王宮，
國王一家終於團聚了。

唐僧師徒辭別眾人，歡歡喜喜地繼續他們
的西行之旅。

第三十七回
取得真經成正果

　　唐僧自辭別大唐皇帝西行取經，一路**歷盡艱辛**，走了將近十四年，終於來到了靈山雷音寺，見到如來佛祖。

　　如來佛祖說：「我有真經三十五部，共計一萬五千一百四十四卷，就給你們一部分吧。」於是吩咐弟子去拿經書給唐僧。

　　如來佛祖的弟子見唐僧沒有給他們帶禮物，懷恨在心，就把**無字經書**給了他們。唐

僧師徒接過經書，捆了兩擔，拜謝了如來佛祖，
又辭別眾金剛、羅漢，下山去了。

　　領經寶閣上有一尊燃燈古佛，不忍心看唐
僧師徒枉費多年來的辛苦**跋涉**，就叫白雄尊者
前去揭破。

　　師徒四人走出雷音寺不遠，就被白雄尊者
搶去經文包，經書撒落一地。師徒拾起經書一
看，上面一個字也沒有！

　　四人重回雷音寺，來到大雄寶殿，把無字
經書拿給如來佛祖看。

如來佛祖不僅沒有**責備**弟子，反而責怪唐僧沒帶禮物來。唐僧只好將唐太宗賜的紫金鉢給了他們。這時，如來佛祖才吩咐弟子帶唐僧去領真經。

等到唐僧師徒整理好經書，如來佛祖便把八大金剛叫來，吩咐説：「你們駕雲護送唐僧回東土，把真經留下之後，八天之內，再把他們帶回來。」八大金剛於是駕雲而起，護送唐僧師徒徑直回東土大唐。

　　這時，觀音菩薩上前對如來佛祖說：「我們佛家講『九九』，九九八十一，唐僧師徒歷經八十難，還差一難才算**歷盡磨難**。」於是如來佛祖下旨，讓觀音菩薩再造一難。

　　臨近通天河，觀音菩薩讓八大金剛作法，使到唐僧和經書瞬間墜落下去！師徒四人又回到了通天河邊。他們正在為如何過河**苦惱**時，當年那隻助他們渡過通天河的大烏龜又來幫他們渡河了。

　　快到河對岸時，大烏龜得知唐僧忘了幫牠詢問如來

佛祖自己還有多少年才能變成人身，非常生氣，一下子沉入河中，讓師徒四人和行李都掉進水裏。

師徒四人**掙扎**着游上岸來。經書全濕透了，四人只好在岸邊把經書一一打開晾乾。

唐僧師徒正要繼續趕路，八大金剛又來了。他們這回護送唐僧師徒平安回到了東土大唐。

到了都城長安，大唐皇帝**喜出望外**，連忙出來迎接。過後，等唐僧師徒把真經交給皇帝，八大金剛又依照吩咐把他們帶回靈山。

佛祖把唐僧師徒封為真神：唐僧為旃檀功德佛，悟空為鬥戰勝佛，八戒為淨壇使者，沙僧為金身羅漢，白龍馬為八部天龍馬。

悟空成佛後，向唐僧請求道：「師父，我已成佛，怎麼還戴金箍？」

唐僧說：「當時因為你不服管教，才弄個金箍**約束**你。你現在成佛了，金箍自然消失不見。」悟空伸手一摸，金箍果然消失了。

唐僧師徒歷盡磨難，一路除妖降魔，終於取到真經，**修成正果**，真是可喜可賀。

中國經典名著系列
西遊記

原　著：吳承恩
改　編：幼獅文化
責任編輯：陳奕祺
美術設計：張思婷
出　版：園丁文化
　　　　香港英皇道499號北角工業大廈18樓
　　　　電話：(852) 2138 7998
　　　　傳真：(852) 2597 4003
　　　　電郵：info@dreamupbooks.com.hk
發　行：香港聯合書刊物流有限公司
　　　　香港荃灣德士古道220-248號荃灣工業中心16樓
　　　　電話：(852) 2150 2100
　　　　傳真：(852) 2407 3062
　　　　電郵：info@suplogistics.com.hk
印　刷：中華商務彩色印刷有限公司
　　　　香港新界大埔汀麗路36號
版　次：二〇二二年六月初版
　　　　二〇二四年十月第五次印刷
版權所有・不准翻印

ISBN：978-988-76250-8-7
Traditional Chinese Edition © 2022 Dream Up Books
18/F, North Point Industrial Building, 499 King's Road, Hong Kong
Published in Hong Kong SAR, China
Printed in China